LE POISON D'AMOUR

Né en 1960, normalien et docteur en philosophie, Eric-Emmanuel Schmitt s'est d'abord fait connaître en tant que dramaturge avec *Le Visiteur*, devenu un classique du répertoire théâtral international. Plébiscitées tant par le public que par la critique, ses pièces ont été récompensées par plusieurs Molière et le Grand prix du théâtre de l'Académie française. Son théâtre, qu'il met parfois en scène lui-même, est traduit dans plus de quarante langues et désormais joué dans le monde entier. Sa carrière de romancier, initiée par *La Secte des Égoïstes*, s'est poursuivie avec *L'Évangile selon Pilate*, *La Part de l'autre*, *Lorsque j'étais une œuvre d'art*, *Ulysse from Bagdad*, *La Femme au miroir*, *Concerto à la mémoire d'un ange* (prix Goncourt de la nouvelle 2010). Son Cycle de l'Invisible (*Milarepa*, *Monsieur Ibrahim et les fleurs du Coran*, *Oscar et la dame rose*, *L'Enfant de Noé*, *Le sumo qui ne pouvait pas grossir*, *Les dix enfants que madame Ming n'a jamais eus*) a remporté un immense succès en France et à l'étranger. En 2006, il écrit et réalise son premier film, *Odette Toulemonde*, suivi, en 2009, de sa propre adaptation d'*Oscar et la dame rose*. Mélomane, Eric-Emmanuel Schmitt est aussi l'auteur de *Ma vie avec Mozart* et *Quand je pense que Beethoven est mort alors que tant de crétins vivent*.

ERIC-EMMANUEL SCHMITT

Le Poison d'amour

ROMAN

ALBIN MICHEL

ISBN : 978-2-253-04543-4 – 1re publication LGF

« Amour, donne-moi ta force
et cette force me sauvera. »

Shakespeare, *Roméo et Juliette*.

Journal de Julia

Je me change, je me maquille, je suis la plus heureuse des filles car je vais rejoindre ma bande, je me change, je me parfume, je me change, je me change, je me maquille, je sors, je recours dans ma chambre, je me change, je me coiffe, je me change, je me change puis j'éclate en sanglots : trop moche, je reste chez moi ! On n'a jamais souffert autant que moi…

Étouffée par les larmes, je consulte mon téléphone pour savoir si mes amies s'inquiètent. Rien. Zéro message. Je ne manque à personne.

Du coup, je décide d'avaler une boîte de somnifères. En cinq secondes, je monte la chercher dans la chambre de ma mère – la maison m'appartient ce soir, toute la famille dîne chez grand-mère. À l'instant où je vais ingurgiter le cocktail fatal, je me souviens de l'affreuse semaine passée à la clinique l'hiver dernier et je renonce. Ma précédente tentative de suicide m'a guérie du suicide : j'ai eu très mal.

Au lieu de me tuer, je finis la barquette de crème glacée aux marrons dans le frigo. La vanille aussi. La fraise.

À vingt et une heures, mon téléphone bourdonne d'appels des filles qui s'alarment de ne pas me retrouver au Balmoral, notre quartier général, et je comprends que c'est la véritable heure du rendez-vous, non pas dix-neuf heures comme je le croyais.

Raphaëlle, Anouchka et Colombe ne m'ont pas trahie, je ne suis plus seule sur terre.

Hors de question pourtant de me montrer dans cet état, surtout au retour des vacances. Ah, quelle soirée réussie… j'ai le visage bouffi de chagrin et demain je serai plus grosse qu'une vache.

Ce matin, j'ai profité des trois heures où il n'y avait personne pour m'enfermer dans la chambre des parents et me scruter sur l'unique glace en pied de notre appartement.

Il ne faisait pas froid, cependant me dénuder en cet endroit où d'ordinaire je circule habillée m'a donné des frissons.

J'ai essayé de m'examiner sans préjugés, je le jure ! Eh bien, franchement, en toute impartialité, je ne ressemble pas à ce que j'aime...

D'abord, j'ai vu une étrangère. La fille aux genoux rapprochés écrevisse, aux bras trop longs, aux seins déséquilibrés, au sexe qu'elle camouflait de ses doigts maigres n'avait rien à voir avec Anouchka, l'Anouchka que je suis, enfin que j'étais, que je connais depuis toujours.

Ensuite, le reflet que j'avais sous les yeux n'évoquait pas une adulte. Oh, j'accepte de quitter l'enfance mais à condition de devenir une femme. Pas ça ! Je m'apparente au chaînon manquant. Ça part dans tous les sens, ça se fout de la symétrie, ça n'est pas harmonieux, ça sent, ça prend des couleurs saugrenues et ça se couvre d'éléments parasites. En résumé, je sécrète du poil, des boutons, de la graisse et des odeurs.

Elle s'enclenche mal, ma vie. Impossible de séduire encombrée d'un corps pareil, même s'il s'arrange un peu ! Mon salut se réduit au dicton qui atteste que « tous les goûts sont dans la nature ». Oui, il y aura peut-être un jour un garçon débile qui me trouvera potable… Mais me plaira-t-il, ce crétin ?

Cette confrontation avec mon image m'a assassinée. Il faut dire qu'après m'être observée de face, j'ai prospecté d'autres angles – de dos, de côté, d'en dessus, d'en dessous – en amoncelant dans la chambre les miroirs de l'appartement et en les accrochant où je le pouvais. Je me suis plus contorsionnée qu'une gymnaste chinoise, avant de jouer à me surprendre en me dirigeant vite devant les glaces, comme si je me découvrais par hasard.

Mon père, qui plaisante en continu, nommait hier l'adolescence « la révolution du poil ». Sitôt que la pilosité se pointe, tout bascule. On ne se reconnaît plus, ni physiquement ni mentalement. Les questions pleuvent. Qui suis-je ? Pourquoi vivre ? Où vais-je ? Comment les gens me perçoivent-ils ? Dad soutient que c'est le chamboulement le plus important de l'humanité, universel et dont on parle peu. Il n'a pas tort, quoique je ne repère rien là de risible.

Bon, le petit triangle brun sous l'abdomen, d'accord, mais les poils qui sortent des aisselles, non, inutiles ! Et le duvet au-dessus des lèvres, il va évoluer comment ?

Accablée, j'ai rangé le bazar que j'avais répandu chez les parents puis j'ai pris une douche parce que je transpirais comme une mozzarella. Au moment de me sécher, j'ai saisi la crème dépilatoire de ma mère, je l'ai appliquée sous mes bras et sous mon nez. Pour les aisselles, ça a correctement opéré. En revanche, ma lèvre supérieure a viré écarlate, elle a doublé de volume, elle me démange ! J'ai l'air d'un canard avec le bec en feu.

J'espérais désenfler avant le retour de ma mère et de mon frère. Tu rêves ! Quand je les ai entendus pousser la porte, j'ai organisé l'obscurité dans ma chambre en prétendant

13

visionner un film, mais maman n'a pas pu s'empêcher de me déranger et, infaillible-ment, elle a remarqué mon problème.

J'ai affirmé que j'avais sucé des quar-tiers d'orange dont l'écorce m'avait irrité les lèvres – je me souviens que ça m'était arrivé, une fois, à onze ans.

Maman m'a contemplée en se taisant. Ces derniers temps, je constate que, dans ses prunelles, passe quelque chose de glauque et d'opaque lorsque je protège ma pudeur en mentant. Pas dupe ? Ou me prend-elle pour une folle ?

Journal de Colombe

Quand j'aime, ça tombe toujours au hasard. Un garçon entre au Balmoral et je reçois une balle dans le cœur. J'ai chaud, je brûle, je m'effondre, victime de l'attentat, la blessée par surprise, le dommage colla-téral. Je n'ai rien choisi ! Parfois, le garçon ne me voit même pas, il regarde ailleurs, il se contente d'avancer en se balançant, de se caresser les cheveux, de sourire à une serveuse ou d'interpeller un copain au fond de la salle, et moi je craque, je me fissure, j'avale la mitraille.

Je suis le mur des fusillés, une façade de Damas, l'enceinte de Ramallah.

Je hais l'amour. Je tiens à me révolter contre lui. Si aimer veut dire subir, ne plus s'appartenir, devenir esclave, je ne veux pas aimer.

Je préfère frapper. Je préfère provoquer.

Je souhaite la paix, pas la guerre. Cependant, au cas où la guerre s'avérerait inévitable, je la mènerais.

Les hommes n'auront pas ma peau ; c'est moi qui aurai la leur.

Journal de Raphaëlle

Les garçons ne s'intéressent pas à moi. Tant mieux, ils ne m'intéressent pas non plus.

Ce que je leur demande, c'est de partager de bons moments, de se montrer drôles, enjoués, d'assurer le vacarme dès qu'on sort et qu'on boit trop.

« Raphaëlle, c'est mon meilleur pote ! » Ils répètent tous ça…

« Raphaëlle, c'est la fille insurpassable : la meilleure élève de la classe et la plus fêtarde. » Ça les étonne… Il faut reconnaître que, chez les garçons du lycée Marivaux, les plus acharnés à traverser la nuit en dansant, en fumant, en picolant, restent les cancres qui, sur un bureau, ne se révèlent adroits qu'à dormir. Des petites natures, les mecs…

« Tout le monde est copain avec Raphaëlle. Impossible de ne pas s'entendre avec elle. » Des années qu'on me ressasse ça. Alors, pourquoi est-ce que je me sens si seule quand on me juge si populaire ?

J'exagère ! J'ai la chance d'avoir des amies, de vraies amies, Julia, Anouchka et Colombe, sinon mes conversations avec mes semblables se limiteraient aux informations scolaires ou à « Je t'offre un verre ? » et « Tu viens sur la piste ? ». Or, même à leurs yeux, j'incarne l'oiseau rare, la forte en thème qui adore s'amuser. Dans ma famille, pourtant, on va au café et en boîte de nuit sans compromettre sa vie professionnelle.

Suis-je normale ?

« Raphaëlle, c'est mon meilleur pote ! »
Anormale ?

« Raphaëlle, c'est mon meilleur pote ! » Ils répètent tous ça…

Journal d'Anouchka

— Qu'est-ce que c'est, une meilleure amie ? me demande Thibault.

— Dans mon cas, c'est Colombe, Julia et Raphaëlle.

— Non, tu ne comprends pas : qu'appelles-tu une meilleure amie ? Ça signifie quoi, pour toi ?

De temps en temps, mon frère me sidère : du haut de ses douze ans, il pose des questions de prof. Du coup, l'ahurissement me pique, je riposte :

— Ma meilleure amie, c'est moi mais en mieux.

— Merci.

Il tourne les talons et il part rejoindre sa fiancée, Zoé, douze ans, à qui il est ventousé depuis l'entrée au collège.

Pas mal, ma définition, non ? Raphaëlle,

Julia et Colombe, je les considère comme mes doubles, mes doubles idéaux, des doubles qui n'ont pas mes défauts. C'est pour cela que je les aime.

Nous nous revoyons toutes demain !

Dad dirait : Elle est pas belle, la vie ?

Journal de Colombe

Quelle somptueuse journée ! Afin de profiter de notre liberté avant la rentrée, nous nous sommes réunies au Balmoral, Julia, Raphaëlle, Anouchka et moi, puis, comme il n'y avait personne – pas de copains que nous fréquentons –, nous sommes allées au pont des Arts.

L'année dernière, j'avais proposé d'y poser un cadenas marqué à nos initiales sans obtenir de réaction des filles ; bien qu'aucune de nous n'ose le déclarer, chacune voulait réserver ce projet pour le moment où elle sortirait avec un garçon. Normal, le pont des Arts tend ses bras aux couples, il symbolise la consécration sentimentale ! Or, si on demeure coincées dans cette perspective, on risque de moisir... En chemin, j'ai plaidé notre cause :

— Et nous, les copines ? Nous avons la chance d'être les meilleures amies du monde. L'amitié, n'est-ce pas aussi divin que l'amour ? Aussi vigoureux ? Aussi long ?

Raphaëlle a renchéri :

— Beaucoup plus long que l'amour, Colombe, si tu veux mon opinion ! Moi, mes parents se sont quittés peu après ma naissance et j'ai déjà une sacrée collection de beaux-pères et de belles-mères.

Nous avons approuvé. Dans ma famille, ni mon père, ni ma mère, ni mes oncles, ni mes tantes ne vivent plus sous le même toit que la personne avec laquelle ils ont commis leurs enfants. Kif-kif chez les copains. D'ailleurs, le professeur d'histoire-géographie, monsieur Burgos, nous l'avait annoncé au collège : selon les statistiques nous aurons plusieurs métiers et formerons plusieurs couples. Voilà le monde moderne ! Moi, ça me va, d'abord, parce que je n'ai aucune idée de la profession que je pourrais exercer, ensuite, comme j'ignore quel garçon me conviendrait, autant en essayer quelques-uns.

(Pourtant, quand j'écris ça, j'ai envie de me gifler car je néglige Lucas, mon Lucas, le Lucas dont je raffole depuis le premier regard, Lucas auquel je songe nuit et jour. Mais du calme, même si j'ai la conviction que Lucas est l'homme de ma vie, il reste en couple avec cette conne de Vanessa et part finir ses études à Bruxelles.)

Anouchka était d'accord sur les engouements éphémères ; quoique ses parents cohabitent, ils ne se touchent plus et ne s'embrassent jamais, au point que son frère et elle sont persuadés d'être des bébés-éprouvette. Quant à Julia, elle a posé une question :

— Que l'amour tourne court, nous en avons des preuves. Mais connaissons-nous des amitiés très longues ?

Là, les réponses ont fusé : chacune de nous avait, parmi les adultes qu'elle fréquentait, des exemples d'amitiés qui avaient franchi les décennies. Le procès était achevé : nous avons relaxé l'amitié et envoyé l'amour en prison pour infidélité ! Puis nous avons conclu que la langue française se trompait en autorisant « amour » à rimer avec « toujours », et qu'en revanche elle sonnait juste en mariant «amitié» avec «éternité».

Encouragées par ce constat, nous avons acheté un cadenas à un vendeur ambulant qui craignait l'arrivée des flics et nous sommes montées sur la passerelle harnachée de ferraille, altières, triomphantes, délivrées du soupçon de ringardise que nous éprouvions tantôt à nous pointer en simples filles. Amies, nous nous sentions désormais si fortes que les couples nous ont paru loufoques.

— Depuis combien de temps couchent-ils, le Japonais et la Japonaise? m'a dit Raphaëlle en me frappant du coude. Un mois? Un an? Et pour combien de temps encore… Ah, quelle misère!

Conforme à sa réputation, Julia a prononcé une réplique de Shakespeare adaptée à la circonstance: «Vivre longtemps mariée ce n'est pas être bien mariée; la mieux mariée est celle qui meurt jeune.» Ça nous a fait rire, d'abord parce que c'était une vacherie, ensuite parce que nous sommes flattées d'avoir une copine qui cite Shakespeare comme une adolescente ordinaire fredonnerait des chansons. Classe, non?

Le temps de graver avec un canif nos initiales sur le cadenas, nous nous sommes moquées des amants, jeunes ou vieux, car nous les jugions récents, provisoires, chancelants. Nous n'avons suspendu nos sarcasmes que devant deux jeunes mariés italiens : elle était vraiment choute dans sa robe en dentelle, lui évoquait un prince, et tous deux resplendissaient à l'instar du soleil éclaboussant les eaux de la Seine.

Seuls eux et nous possédions la légitimité de sceller des sentiments indéfectibles. En bloquant le cadenas, à genoux sur les planches, mains liées, nous nous avisions avec une solennité émue que nous étions les quatre meilleures amies du monde pour toujours.

C'est pendant ce silence si riche, si parfait, que Julia nous a stupéfaites en murmurant :

— Je l'ai fait.

Nous n'avons pas aussitôt compris de quoi elle parlait, ce qui l'a obligée à recommencer :

— Je l'ai fait cet été. Pour la première fois.

Une troupe de gamins défila en beuglant; ils couraient si vite qu'ils ébranlaient les lattes du pont.

Une épaisse torpeur nous figea. Le soleil chauffait nos visages. Jamais l'iris de nos yeux n'avait semblé plus clair. Le silence régna jusqu'à ce que le sifflement d'un bateau-mouche vienne le transpercer.

— Avec qui? demanda Raphaëlle.

— Terence.

Le prénom anglais nous étourdit autant que l'acte. L'un et l'autre nous demeuraient étrangers. Faire l'amour... et avec un Terence... voilà qui s'avérait doublement exotique. Doublement érotique aussi. Sur le coup, j'ai imaginé Terence en Lucas britannique, un Lucas doté d'une frange et de chaussures en cuir.

Percevant notre extase, Julia rougit du cou aux oreilles. Par sympathie, je m'empourprai à mon tour.

— C'était bien? souffla Anouchka.

Julia baissa les paupières. Rien n'aurait pu me chavirer davantage que ce battement de cils gracieux, pudique, tel un rideau de soie qui se ferme sur une scène confidentielle: sûr que c'était bien, signifiait cette

retenue raffinée, sûr que c'était merveil-
leux.

Nous sommes restées un long temps
bouche bée.

Sur le chemin du retour, Julia n'est sortie
de son mutisme pâmé que pour se référer
à Shakespeare : « Qui exprime mieux la
joie que le silence ? Si j'ai pu dire combien
grand était mon bonheur, c'est qu'il était
petit. »

Julia, ma Julia, la Julia si proche qui
garde des rondeurs d'enfance aux joues,
Julia qui arrive parfois avec des serre-tête
d'angelot sur ses sages cheveux blonds, Julia
a franchi la porte secrète par laquelle on
devient femme.

J'étais abasourdie.

Il va falloir que je réforme ma manière de
la voir.

Journal d'Anouchka

Je suis une cruche, j'en ai la preuve.

Julia l'a fait ! Oui, Julia l'a fait. Alors que
moi, je n'ai même pas encore embrassé.

Quelle débâcle... Déjà que je ne fréquente pas les garçons, les filles vont bientôt me rejeter, elles aussi. Logique : elles auront deviné que je n'ai que douze ans d'âge mental.

Non, douze ans d'âge physique.

Les deux, peut-être...

« Dans le cochon tout est bon », répète Dad, mon pauvre père, à mon sujet. Quelle erreur ! Je vaux que dalle. Pas de corps, pas de tête, pas de cœur. Au lieu de me réjouir pour Julia, je me focalise sur moi, je m'enfonce, je clapote dans ma honte. Un océan d'égoïsme.

Anouchka déteste Anouchka.

Journal de Raphaëlle

Qu'ai-je ?

Ce soir, je broie du noir. Bien que j'aie passé ma journée avec mes amies et que nous ayons – pour l'éternité – laissé notre trace sur le pont des Arts, je me sens vide, usée, flasque, inutile, de l'eau stagne dans mes veines.

Incompréhensible…

Aller du lit au bureau m'anéantit. Retirer mes ballerines m'a fichu le tournis. Ma tension doit graviter autour de quatre.

Et demain, je rentre en première. En première ! Moi…

Qu'ai-je ?

Cet après-midi, je n'ai carburé qu'à la grenadine pour me placer au niveau des filles et je me cogne en retour une migraine qui relèverait de plusieurs bouteilles de vodka avec des mélanges. Ma mère m'a aperçue avachie dans le canapé. Au lieu de m'interroger lorsque je lui ai dit que j'agonisais, elle s'est exclamée en rigolant que c'était courant.

À mon âge, tout ce qui me paraît anormal semble normal aux adultes. Épuisant d'avoir seize ans… Surtout quand on s'en sent quatre-vingts.

Qu'ai-je fait ?

Que n'ai-je pas fait ?

Journal d'Anouchka

Deux heures du matin. J'ai réfléchi.

Raisonnablement, après Julia, ce devrait être Colombe, puis moi, puis Raphaëlle.

Oui, Julia, Colombe, moi, Raphaëlle. Dans cet ordre.

Colombe, les garçons la trouvent canon. D'ailleurs moi aussi, même si je n'aimerais pas hériter d'un bassin si large ni de ses seins volumineux – ça me donnerait l'impression de partir en randonnée avec des sacs à provisions sur le corps. J'ignore comment elle arrive à gérer ça, Colombe, parce qu'elle bouge bien.

Ensuite ce sera mon tour. Même si je ne m'apprécie pas, je suis quand même plus jolie que Raphaëlle. D'abord, c'est moi qui me juge hideuse, pas les autres – je suis plus perfectionniste –, deuxièmement, Raphaëlle n'a pas été gâtée. Elle se situe à la frontière de la laideur – et encore, « on ne sait pas de quel côté de la frontière », susurrerait Dad.

Oh, je ne suis pas vache d'écrire ça… Tout le monde le pense. Raphaëlle en parle elle-même. Son « quelque chose de masculin » la tourmente. Dès qu'elle embraie ce genre d'autocritique, nous protestons, nickel dans notre rôle de meilleures amies, et nous lui dénichons mille qualités qui la requinquent. Il n'empêche qu'elle a raison : de temps en temps, Raphaëlle, on dirait son frère.

Oui, je sais, elle n'a pas de frère mais je comprends très bien ce que je veux dire.

Journal de Colombe

Trois heures du matin. L'Insomnie est revenue, cette chienne qui se prétend ma meilleure copine.

Ça tourne dans mon crâne. Je songe à la rentrée. Je songe à Julia.

A-t-elle cédé ? L'a-t-elle souhaité ?

Dire « oui » à un garçon, c'est facile. Se dire « oui » à soi-même, ça coûte.

J'exige que ce soit moi qui décide. Je tiens à dominer, sinon mon partenaire, au moins ma personnalité.

Quelle blague ! J'aurais déjà eu des relations sexuelles si j'avais obéi aux garçons qui me cherchent. J'ai résisté car, chez moi, l'honneur l'emporte sur la curiosité, il faut que je sois d'accord.

Si Lucas me le proposait, en revanche…

Julia l'a-t-elle fait pour découvrir le plaisir ? Parce qu'elle aime Terence ? Parce qu'il l'a tellement cramponnée que c'était le dernier moyen de s'en débarrasser ?

En tout cas, elle semble aux anges.

Il faudrait que je dorme. Lâche-moi, Insomnie ! Demain, je vais avoir des cernes et manquer de concentration, je paraîtrai sotte aux profs et faisandée aux amis. Merci du cadeau !

Journal d'Anouchka

Cinq heures du matin !

Apprendre que Julia est devenue une femme m'a traumatisée. Fini, je ne suis plus à l'abri. Un jour il va falloir que j'y passe aussi. Je n'en ai aucune envie.

Je me tourne et me retourne dans mon lit, je jette ma couette et la rattrape, je boxe les oreillers. Ah, si je pouvais penser à autre chose qu'à moi, je suis empoisonnée par les soucis concernant ma petite personne.

Comme le répète Dad, je profiterais mieux de moi si j'étais moins égocentrique.

Journal de Julia

Miraculeux! En ce jour de rentrée, j'ai découvert que j'ai obtenu les options briguées, les professeurs désirés et que monsieur Palanquin, au cours de théâtre, nous propose de monter *Roméo et Juliette* en travail de milieu d'année.

Roméo et Juliette, ma pièce favorite… Je ne me rappelle pas à quel âge je l'ai savourée pour la première fois tant ma mère, folle de Shakespeare, m'a emmenée tôt au spectacle. S'agissait-il de mon initiation aux planches? Dans mes souvenirs, surgissent plutôt les images d'*Othello* – j'avais fondu en larmes quand ce jaloux paranoïaque avait étranglé Desdémone, mais j'avais adoré fondre en larmes. Ai-je entendu *Roméo et Juliette* pendant que j'étais nourrisson, voire encore dans le ventre de maman…? Oui, peut-être n'étais-je qu'un fœtus lorsque le chant du rossignol s'est mêlé à la plainte sensuelle des amants véronais. Sitôt que cette histoire commence, je me sens à la maison, j'ai l'impression qu'on parle de moi, je suis les Capulet et les Montaigu, Juliette autant que Roméo, je marche droit vers le destin terrible qui m'attend, consentante, soumise, en prenant un plaisir éperdu lors des rares scènes de bonheur.

J'ai décidé que je jouerais Juliette. Monsieur Palanquin devra céder. Bien sûr, les femelles du lycée convoiteront le rôle mais c'est moi qui le décrocherai s'il y a des auditions. Dès ce soir, je révise la scène du balcon. «Allons sagement et lentement : trébuche qui court vite.»

Il faudrait que je prévienne Terence de ce que j'ai avoué aux filles sur le pont des Arts. En même temps, quelle importance? Elles ne peuvent guère le rencontrer... Entre Paris et Londres, il y a 393 kilomètres, une mer, des grèves de trains et une hostilité séculaire. Inutile de compliquer. «La séparation est un si doux chagrin.»

Terence...

Peindrai-je ses traits sur le visage de l'acteur qui interprétera Roméo?

Qui le jouera d'ailleurs?

En tout cas, si une autre remporte le rôle

de Juliette, je savonne les escaliers et je la pousse. Je ne plaisante pas !

Journal de Colombe

Me voilà en première ! Quand j'étais enfant, à l'école puis au collège, les élèves de première m'intimidaient, je doutais d'avoir un jour leur âge, leur taille, leurs vêtements, des cuisses monumentales, de vrais seins. Ils ne jouaient plus – ni à la marelle, ni à l'élastique, ni au ballon prisonnier –, ils avaient des voix mûres et se tournaient autour – garçons et filles – d'une façon suspecte, biscornue. Ils me semblaient des adultes parqués par erreur dans un établissement scolaire. Suis-je ainsi ?

Les élèves de terminale me font aujourd'hui cet effet. Les filles ne s'habillent pas comme mes amies, les garçons ont l'air d'hommes. Non seulement ils détiennent un étage pour eux, mais, même dans la cour ou à la cantine, ils restent entre eux, conscients de leur supériorité, et nous ignorent, nous, les misérables premières.

Il règne à Marivaux une règle tacite : une fille de première ne doit pas sortir avec un garçon de terminale. Et vice versa. Si l'une de nous transgressait l'interdit, cela signifierait qu'elle trahit, quitte son groupe et perd ses amis.

Moi, je n'en aurai jamais le courage, même si j'ai noté qu'Oscar, le frère de Léna, a cherché plusieurs fois mon regard. Pas mal, Oscar, d'autant qu'il a plus de dix-huit ans...

À part ça, j'ai observé Julia toute la journée.

Mon diagnostic ? Elle n'a pas fondamentalement changé. Rien dans son corps n'incarne la femme et ses réflexions ne se dirigent pas sur des sujets différents.

J'ignore si je dois m'en réjouir ou m'en exaspérer. Je m'attendais à une modification plus profonde.

Il n'y a qu'à la mention de Terence qu'elle vacille et devient mystérieuse, riche de sensations que nous ne connaissons pas.

En vérité, elle m'a tapé sur les nerfs. Elle ne se préoccupe que de jouer Juliette dans le spectacle, or Anouchka et moi, ça nous allèche aussi. Lorsque nous le lui avons dit, elle nous a sapé le moral en affirmant à Anouchka qu'elle manquait de maturité pour représenter une amoureuse et en me conseillant de préférer le personnage de la nourrice, bien plus comique. Je l'aurais giflée ! Oui j'ai des formes, oui j'ai des seins, davantage qu'elle ; toutefois, ça ne me condamne pas aux rôles de rombières. J'ai failli lui crier que Juliette nécessite une composition trop loin d'elle puisque Juliette est vierge mais je me suis dégonflée au dernier moment. Il n'y a qu'avec les garçons que je parviens à me montrer rosse ; en face d'une fille, je me mets à sa place.

*

Échange de messages entre Anouchka, Colombe, Julia, Raphaëlle à minuit

ANOUCHKA.

Au secours, les filles ! Dad n'est toujours pas rentré à la maison. Quand nous avons quitté la Corse, il devait passer quelques heures à Marseille pour ses affaires puis nous rejoindre à Paris. Nous l'attendons depuis cinq jours… Ce soir, ma mère pleure dans sa chambre. Je sens qu'un malheur est arrivé.

RAPHAËLLE.

Avertissez la police.

ANOUCHKA.

Maman refuse. Elle me jure que mon père n'a pas disparu, qu'elle a «des preuves de vie». Quelle expression…

RAPHAËLLE.

Ça signifie qu'il aurait été enlevé? Pris en otage?

ANOUCHKA.

Je viens de le lui demander. Elle a répondu : «Si ça pouvait être ça!» Ensuite elle nous a rabroués, mon frère et moi, avant de boucler sa porte.

JULIA.

Ton père ne décroche plus le téléphone?

ANOUCHKA.

Non.

COLOMBE.

Écris-lui un mot. Un mot bien affolant. Un

mot qui lui explique que tu es si paniquée
que tu vas commettre une bêtise.

ANOUCHKA.

Une bêtise ?

COLOMBE.

Genre te jeter par la fenêtre ou boire de l'eau
de Javel.

ANOUCHKA.

Tu es folle ! La situation nous perturbe assez
sans que j'en rajoute en racontant des
craques.

COLOMBE.

Fais ce que je te dis.

RAPHAËLLE.

Colombe a raison.

JULIA.

Je suis d'accord.

ANOUCHKA.

Ok.

COLOMBE, RAPHAËLLE, JULIA.

Alors ?

ANOUCHKA.

Il m'appelle!

*

Journal d'Anouchka

Je ne comprends rien. Dad a voulu me rassurer au téléphone, néanmoins, chaque fois que je lui posais la question «Quand rentres-tu?», il se mettait à pleurer...

Les larmes de mon père m'ont terrifiée. J'ignorais qu'il pouvait craquer, lui si calme, si contrôlé; je n'imaginais pas qu'il lui arrivait de souffrir. Du coup, je me suis tue, j'avais perdu mes repères. J'entendais bien la voix de Dad mais un inconnu en détresse l'utilisait. Qui? Pourquoi si fragile? Normalement, Dad me console, mais là, je sentais que c'était à mon tour de le réconforter; entre les silences et les reniflements, j'écoutais un enfant. Il m'abandonnait, il ne se comportait plus en père, il m'ôtait ma place de fille. J'avais envie de raccrocher.

Qu'arrive-t-il ? Où est Dad ?

Ma mère le sait puisqu'elle pleure dans sa chambre. Je l'ai implorée de me dire si un membre de la famille était mort, ou malade ; elle m'a juré que non.

Thibault me supplie de dormir auprès de moi cette nuit. Mon frérot, pour une fois, ne roule pas des mécaniques… Bien qu'il ait déjà douze ans et une copine, j'accepte sa présence parce que je n'ai pas envie de me retrouver seule dans le noir avec, au-dessus de moi, une mère qui gémit et quelque part un père qui sanglote.

Mon Dieu, donnez-moi la vérité. Je préfère affronter la peine, comme mes parents, plutôt que de me consumer d'angoisse.

Journal de Colombe

Pauvre Anouchka ! Son père vient de quitter sa mère – c'est limpide –, seulement ils n'osent pas le lui dire et elle s'obstine à ne pas le deviner.

On est toutes passées par là.

Sur le coup, le plafond s'écroule, notre cœur se tord, la vie s'arrête, puis, des mois ou des années après, on admet que nos parents avaient raison et que cela valait mieux pour nous.

Moi, j'ai gagné à vivre une semaine chez ma mère, une semaine chez mon père : j'ai désormais deux chambres, deux appartements, deux adresses et je suis doublement gâtée. Leur divorce m'a transformée en princesse. Chacun d'eux craint tant mes réactions que ça grouille de « Je t'aime » par-ci, de « As-tu besoin de vêtements ? » par-là. J'en profite à peine – sauf pour les chaussures, mon péché mignon, dont j'ai déjà rempli un placard. En réalité, je pourrais multiplier les caprices à l'infini mais je m'en abstiens – même si je stocke cette carte dans mon jeu au cas où ça sentirait l'avarice ou l'autorité abusive.

À ce propos, je vais les prier de me payer un voyage à Bruxelles. Lucas se plaît, paraît-il, dans son nouveau lycée.

À Marivaux, cette conne de Vanessa arpente les couloirs avec des allures de veuve éplorée. Grotesque ! Que lui trouve-t-il, à part de coller mieux qu'une moule ?

Julia m'a chambrée :

— Tu ne vois vraiment rien en elle pour la sauver ?

— Si ! Son maquillage est beaucoup moins laid que sa figure.

Journal de Raphaëlle

Quels bouffons ! Les garçons de terminale que j'ai connus lors de soirées ne me parlent plus dans l'enceinte du lycée parce que je ne suis qu'une première...

Vendredi soir, au You, ils sont venus me présenter leurs excuses.

— Tu comprends, Raphie, quand on est avec les autres, on doit se comporter pareil. C'est pour te protéger.

— Me protéger de quoi ?

— Les filles de terminale t'agresseront si elles découvrent que tu es notre pote.

Bon, même si je n'ai pas l'intention de

gémir ou de reconstruire le monde, j'ai eu une idée qui porterait des fruits et nous rendrait tous plus tolérants : utiliser la pièce que nous montons au théâtre. Puisque deux familles ennemies, les Montaigu et les Capulet, empêchent leurs enfants de s'unir, pourquoi ne pas confier l'interprétation des Capulet – clan de Juliette – aux élèves de première et celle des Montaigu – clan de Roméo – à ceux de terminale ?

Je vais soumettre mon idée au professeur de théâtre.

Journal de Julia

Victoire, j'ai réussi ! Je serai Juliette. Monsieur Palanquin a inscrit mon nom à côté du personnage sur la distribution qu'il a affichée dans la salle des profs.

Je fonds de bonheur.

En des circonstances différentes, le rôle aurait dû revenir à Anouchka, qui, de l'avis général, a plus de dons pour le théâtre que quiconque, mais la fugue de son père l'a tellement affectée qu'elle a ânonné son texte d'un air sinistre. Elle faisait peur.

Durant l'audition, face à ma meilleure amie qui ratait ses répliques, j'étais assez partagée : si je la plaignais, je subodorais que j'allais l'emporter.

Inconfortables, ces sentiments contradictoires cousus dos à dos…

J'ai déjà éprouvé ce malaise cet été vis-à-vis de Terence : d'une seconde à l'autre, j'avais envie de l'embrasser ou de le frapper.

D'une seconde à l'autre ? En même temps ! « La douleur est le poison de la beauté. »

Suis-je tarée ? Apparemment, Colombe, Anouchka et Raphaëlle ont des sentiments plus clairs, simples, entiers, monochromes…

Journal de Raphaëlle

Hosanna ! J'ai fini par trouver qui est le fameux Terence, le Terence de Julia, celui avec lequel elle a fait l'amour cet été !

Il s'agit de Terence Barry, le frère de

Kate, une copine de la meilleure amie de ma cousine.

Parce que j'avais aidé Julia à se loger en Angleterre via ma mère, j'ai pu mener mon enquête et suivre une piste qui m'a menée à lui.

Ce matin, par une fille, j'ai reçu sa photo : Terence est très beau. Des yeux verts, les cheveux noisette, les joues creusées, une pomme d'Adam saillant d'un cou interminable, le regard coquin et, en plus, une dégaine chic, désinvolte, so British… Incroyable ! Incroyable qu'une fille comme Julia l'ait conquis.

Soyons claire, je n'ai rien contre Julia ; elle se résume à une poupée : petit visage en triangle, petits traits, petite bouche, petit gabarit. Il n'y a que les mollets qui affichent une taille normale – du coup, ils paraissent gros, surtout si elle a le malheur de chausser des ballerines… Cet été, peut-être avait-elle mis ses sandales à talons qui lui filent quinze centimètres de plus ? Elle saute du style baigneur au style Barbie.

Je croyais que les garçons détestaient jouer à la poupée. Ils s'y mettent sur le tard ?

C'est quoi, ces phrases ? Les phrases des mecs...

Pourquoi les garçons semblent indifférents jusqu'à l'instant où, à la dérobée, le temps d'un éclair, ils prononcent des mots qui désarçonnent ? On dirait des chasseurs qui cheminent, placides, au milieu des bois puis, en une seconde, bandent leur arc, tirent la flèche et tuent la biche. Je ne me sens pas une vocation de gibier. À quel moment sont-ils sincères, les hommes : lorsqu'ils ont l'air dégagé ou quand ils massacrent ?

Aujourd'hui, on m'a attaquée deux fois.

Ce matin, Lucas m'a écrit de Bruxelles : « Je pense plus à toi que je ne devrais. Ça m'inquiète. Tu me manques. » Or, il est censé officiellement constituer un couple avec Vanessa. Oui, je le répète, ils sortent ensemble depuis deux ans. Comment dois-je réagir ? Comme si sa régulière n'existait pas et lui glisser : « Moi aussi je m'endors et me réveille en pensant à toi », ou l'humilier en lui rappelant que, quoique cette conne de Vanessa ne soit pas ma meilleure amie, je n'agirai jamais en briseuse de ménage ?

Oh, pas la peine de demander conseil aux filles : Julia va me réciter du Shakespeare, Raphaëlle va me proposer d'oublier mes problèmes en boîte de nuit, Anouchka va fondre en larmes et me seriner qu'elle ne pige rien aux hommes, ce qui est plutôt fondé puisque son père prolonge inexplicablement son escapade. De toute façon, lorsque j'évoque Lucas devant elles, les trois s'exclament toujours : « Laisse tomber, Colombe, et jette ton grappin sur un autre. » Enfin, je l'ai bien lu son mot, et je maîtrise le français : « Je pense plus à toi que je ne devrais. Ça m'inquiète. Tu me manques. »

En même temps, Mehdi, un garçon de la classe, confie à ses copains qu'il est raide dingue de moi ; pourtant, sitôt qu'il se trouve dans mes environs, il m'ignore.

Comme à la récréation j'étais agacée d'avoir croisé Vanessa qui, pendue à son portable, riait aux éclats, je suis allée vers Mehdi et je lui ai lancé :

— Tu n'es même pas capable de me regarder en face. Tu as peur ?

— Je n'ai pas peur de toi mais de moi, chuchota-t-il, la nuque courbée. Je suis effrayé par ce que j'éprouve.

Sa réponse m'a remuée ; or je m'étais branchée sur le mode batailleur et j'en ai rajouté sans me contrôler :

— Qu'est-ce que tu marmonnes, là, Mehdi ? Je ne t'entends pas.

Il a relevé le front, m'a dévisagée, blême, et a bredouillé d'une voix grave, chevrotante, cotonneuse :

— Tu m'éblouis tant que je suis obligé de baisser les yeux.

Il s'est enfui.

Je n'avais jamais remarqué auparavant qu'il avait de longs cils de prince égyptien autour de ses yeux acajou. Et des lèvres plus charnues que les miennes. Cocasse ! Il a dix-sept ans et demi, de tous il est le plus imposant, le plus viril, et il s'écrase devant moi...

Qu'en conclure ? Je voudrais inscrire sur ce cahier une réflexion définitive qui nourrirait ma méditation nocturne, une réflexion qui prouverait que je n'ai pas enduré cette journée pour du beurre, une réflexion qui justifierait l'existence de ce journal et témoignerait de son excellence.

Qu'en conclure ?

Une fois…

Deux fois…

Trois fois…

Lamentable ! Je ne conclus rien. Sinon que les garçons possèdent un radar pour approcher les filles et décocher la phrase qui les blesse au ventre.

Journal de Julia

Aucun garçon ne joue Roméo. Ni en première ni en terminale. Ils se jettent sur les autres rôles et ils fixent le plafond quand monsieur Palanquin leur propose de lire la scène du balcon.

Est-ce à cause de moi ?

Cet après-midi, à mesure que les refus se multipliaient, j'en suis arrivée à cette conclusion. Surtout une fois que Mehdi, le plus poilu d'entre eux, a annoncé qu'il préférait travailler à l'atelier des costumes.

Je le fais fuir ?

À l'issue du cours, monsieur Palanquin m'a prise à part pour me rasséréner, comme s'il avait pénétré ma pensée.

— À cet âge-là, ils sont excessivement pudiques. Exprimer des sentiments, évoquer des émotions amoureuses, se mettre à genoux, proférer en langage poétique qu'ils idolâtrent une femme leur paraît impossible.

— Pudiques, eux ? Vous ne les avez pas entendus discuter, monsieur. Plus grossier, plus cru, plus obscène, il n'y a pas.

— C'est ce que je dis, Julia. Ils se protègent des émotions par la vulgarité. Le gros mot cache le grand sentiment.

— Ils ne veulent pas me prendre dans leurs bras.

— Toi ou n'importe qui, Julia, ils réagiraient à l'identique.

Sans Roméo, monsieur Palanquin a peur que nous devions changer de pièce.

Déjà qu'il a échoué à appliquer l'idée géniale de Raphaëlle : distribuer les Montaigu aux terminales, les Capulet aux premières… À chaque vote, ceux d'une année revendiquaient les rôles choisis par ceux de l'autre année.

Sommes-nous si ennemis que nous ne puissions même pas jouer à être ennemis ?

Journal de Colombe

Lucas…

Pourquoi les garçons nous obsèdent-ils tant, nous, les filles ? Les accaparons-nous pareillement ? Sont-ils aussi sensibles à la moindre histoire qu'ils vivent ?

Lucas…

Une pierre me déchire l'estomac. J'aime beaucoup trop Lucas, je l'ai sous la peau, il s'est enfoncé en moi. Une invasion aussi excitante qu'insupportable. Des vagues de chaleur montent dans ma poitrine puis, l'instant suivant, je grelotte, je me sens abandonnée, solitaire, perdue. Des moments je suis heureuse et soudain tout s'écroule sans raison.

J'ai des accès de folie, j'ai des accès de raison. Tantôt mon cœur me gouverne, tantôt mon intelligence : aucun rapport entre les deux, sinon le pantin Colombe qui dit «je».

Lucas m'aimera-t-il ?

Je ne connais que l'excès : je passe du « tout est de sa faute » à « tout est de ma faute ». J'exècre la nuance.

Quand je sais Lucas à Paris, il m'accapare entièrement, il se cache dans la rue que je scrute, la foule que j'observe, le café où j'entre, mais également dans ma tête, mes projets, mes souvenirs, mon ventre, mes rêves... Il s'est infiltré partout en moi, je lui ai cédé chaque espace. Parfois, j'imagine qu'il flotte même sur l'air que je respire puisque j'y cherche son odeur. Pas là ? Pas loin car cette brise l'a caressé, elle s'en souvient, elle m'y conduira ; en attendant, elle nous unit.

À cause de lui, j'ai tout le temps peur. Peur de le voir – le cas échéant, la terreur me terrasse –, peur de ne pas le voir. Il n'existe plus de lieux vides, seulement des lieux magnétiques, troubles, dangereux, que Lucas hante avant d'y apparaître.

Souvent, je retiens mon souffle car j'ai l'espoir que mon élan va le faire surgir. Mais non ! Je m'étouffe, cramoisie, et ça me fiche de mauvaise humeur.

Même son indifférence me passionne.

Lorsque Lucas ne me voit pas, je jouis d'un sentiment intolérable et délicieux... Délicieux car je peux me concentrer sur ses épaules, sa démarche souple, ses jambes nonchalantes, je fixe son dos, sa taille, ses fesses : son détachement fait qu'il m'appartient, tout est à moi. Insupportable parce que la solitude me poignarde, je glisse le long du mur contre lequel je m'appuie, je m'évanouis, je meurs.

Lucas m'aimera-t-il un jour ?

Ce soir, je me coucherai dans le pull qu'il m'a offert et je plaquerai contre mes oreilles les écouteurs qu'il a oubliés chez moi.

Journal d'Anouchka

Dad m'a donné rendez-vous demain au Châtelet, café Zimmer.

Je suis contente mais j'appréhende.

J'ai rendez-vous avec la vérité. Il a souligné qu'il me l'apprendrait, à moi, rien qu'à moi, pas à Thibault qu'il juge trop jeune. Cette considération m'a flattée sur le moment, déprimée ensuite. Lorsque les adultes me traitent comme une gamine, je les prends en grippe, particulièrement ma mère, car j'estime que je mérite leur respect. Or, auprès de Dad, j'ai envie de passer pour une femme et une enfant à la fois. J'ai besoin – j'aurai besoin toute ma vie – qu'il m'aide.

La vérité... Quelle vérité a éjecté mon père de notre foyer ? Les filles m'ont dit qu'il avait une maîtresse. Je n'y crois pas.

Pourtant, ce serait logique, et « statistique », répète Colombe.

Dad reste à part. Il n'entre pas dans les statistiques. C'est mon père, je sais de qui je parle.

Journal de Raphaëlle

Je me suis proposée pour le rôle de Roméo au cours de théâtre.

Si deux ou trois bécasses ont rouspété, monsieur Palanquin a arrêté leurs gémissements hystériques en spécifiant qu'à l'ère de William Shakespeare, les hommes occupaient tous les rôles, masculins et féminins ;

de jeunes garçons jouaient donc les jeunes filles. Alors, pourquoi pas l'inverse ?

Les copains ont acquiescé, ils se sont même mis à scander mon nom de leurs voix caverneuses, on aurait dit un chœur de cuvettes ébréchées. Aussi sympa qu'atroce.

Ce qui m'a flattée, c'est que Julia, la future Juliette, a soutenu avec véhémence ma candidature.

— La semaine prochaine nous apportera la solution, a déclaré monsieur Palanquin, qui cherche un garçon dans d'autres classes.

Pourquoi ai-je posé ma candidature ? Je me sens tellement aux antipodes de ce que racontent mes amies Colombe, Anouchka et Julia sur la séduction que j'espère qu'une forte dose de Shakespeare pourra m'influencer et faire rentrer la mélodie de l'amour dans ma caboche.

À part ça, j'ai réceptionné une deuxième photo de Terence, encore plus impressionnante, où il gratte la guitare parmi ses potes. Du coup, alors que j'avais décliné l'invitation de maman pour un week-end shopping à Londres – courir les magasins aux basques d'une quadragénaire pathétique qui veut ressembler à une minette m'assomme –, ne reviendrais-je pas sur ma décision ?

Dois-je prévenir Julia ?

Journal de Colombe

Rien à signaler. Lucas ne m'a plus envoyé de mots ambigus et Mehdi me drague consciencieusement. La routine… Mehdi n'ira pas loin avec moi. Son défaut ? Trop brave, trop respectueux. Il me laisse décider de son sort. À cause de cela, il ne sera jamais mon copain.

Quant à Anouchka, qui prétend n'avoir obtenu aucune information de son père lors de son fameux rendez-vous au café, elle ment. En tant que meilleure amie, je me vexe : pour qui me prend-elle ? Il faut que je la réconforte quand elle s'angoisse mais elle me délaisse dès qu'elle apprend un détail croustillant. Désolant…

Ah si, un scoop : Augustin jouera Roméo.

Je suis ravie. Tout le monde adore Augustin. Au lycée Marivaux, il jouit d'une aura privilégiée puisqu'il est le seul à être en couple depuis des années. Augustin et Marie nous paraissent presque des mascottes, tant nous avons l'habitude de les voir marcher enlacés dans les couloirs ou dans la cour.

Moi, ils me permettent de croire à l'amour. Lorsque je saisis la lumière douce et émerveillée qui scintille dans les yeux d'Augustin dès qu'il se penche vers la délicate Marie, j'ai le cœur qui bat en songeant que d'aussi splendides expériences m'attendent.

Journal de Raphaëlle

C'est indécent la façon dont Colombe se comporte face aux garçons : elle met des décolletés, elle tangue du cul, elle papillote, elle rit trop fort, elle boude, elle bécote, elle frôle, elle tripote ses longs cheveux, elle roucoule, elle se trémousse. Le film est projeté du matin au soir, séance permanente, en technicolor, son digital et trois dimensions. Ma meilleure amie vire à l'allumeuse.

Quand je le lui ai signalé tout à l'heure au Balmoral, elle est tombée des nues. Oh, je suis persuadée de sa sincérité, car elle reste une fille en or, fidèle, authentique, Colombe ne se rend donc même pas compte de l'indécence avec laquelle elle bouge, regarde les hommes et leur sourit. Depuis qu'elle prend des formes, elle prend des manières. Les hormones lui sont montées à la tête.

De temps en temps, à la place de ma meilleure amie, je vois une dinde comme les pouffes que j'aperçois en boîte, le samedi soir, le corps si moulé dans du lycra que même un bourrin décérébré comprend qu'il faut peloter...

Au secours ! Je ne veux pas devenir une fille du samedi soir.

P-S. Ah oui, j'oubliais : Augustin jouera Roméo. Pas moi. Tant pis, je m'occuperai des éclairages, ça m'excite plus.

P-S. *bis*. Est-elle vraie, cette rumeur ?... On raconte que l'année dernière, Marie a avorté parce qu'Augustin n'avait pas pris assez de précautions en faisant l'amour. Visiblement, elle ne le lui reproche pas puisqu'ils demeurent ensemble.

P-S. *ter.* Comment Marie va-t-elle encaisser qu'Augustin interprète Roméo face à Julia ? Moi, je ne supporterais pas d'épouser un acteur, je ferais un court-circuit affectif.

P-S. *quater.* Ni femme d'acteur, ni fille du samedi, voilà mes conclusions d'aujourd'hui. Deux conclusions négatives, hélas ! Je sais ce que je souhaite ne pas être mais j'ignore ce que je suis, et davantage ce que je serai.

Journal de Julia

Projet sauvé. Augustin sera Roméo. J'incarnerai Juliette.

J'aurais préféré Raphaëlle. Avec elle, les scènes ne m'auraient pas gênée, nous aurions pu nous étreindre ou nous papouiller sans vergogne, entre filles, ça n'a aucune importance.

Quand nous avons répété cet après-midi, Augustin et moi, je ne pouvais m'empêcher de me rappeler, lorsque ses mains gigantesques me saisissaient, que ces mêmes mains avaient caressé pour de vrai une fille réelle, que ces longs doigts savaient faire l'amour, que c'était bien un homme qui me touchait.

C'est étrange, une main… Tant qu'elle se tient à distance, elle se contente de prolonger un bras, on ne la remarque pas ; en revanche, sitôt qu'elle se pose sur notre peau, s'ensuit une métamorphose ; elle change de consistance, veloutée, ferme, calleuse, molle, moite, sèche ; elle modifie sa température, chaude, froide ou glacée ; elle acquiert de la personnalité, cesse de se taire, bavarde, transmet des sentiments, l'attraction, la violence, le dégoût ; bref, elle s'arroge une bizarre indépendance, la main posée sur notre peau, elle se coupe du corps auquel elle appartient et gagne de la présence.

Pendant le cours, je ne jouais pas avec Augustin qui récitait platement ses répliques, je jouais avec deux mains, celles de Roméo.

Entre les vers sur les ailes desquelles mon âme s'envolait et cette robuste poigne masculine qui me retenait à terre, j'étais juste, vive, passionnée, jusqu'au moment où j'ai croisé le regard de Marie. Elle me toisait durement – elle avait surpris mon manège avec les mains. Mal à l'aise, j'ai frissonné, je me suis concentrée sur mon texte, sur la façon de le déclamer, et j'ai testé des nuances, des intonations, des respirations, au point que monsieur Palanquin m'a arrêtée.

— Cesse de chanter. Sois simple, Julia. Borne-toi à être simple.

Être simple, voilà la chose la plus compliquée que l'on puisse me demander.

Journal d'Anouchka

Je hais ma mère.

L'autre jour, en m'expliquant la situation, Dad n'a pas prononcé un mot contre elle; à l'opposé, il a reconnu ses torts, s'est chargé sans réserve. Je le dirai donc à sa place: tout coule par sa faute à elle !

Ma mère n'aurait dû viser qu'un seul but: rendre Dad heureux.

Au lieu de cela, elle s'est murée dans sa mauvaise humeur, ses prétendus problèmes, son indifférence acide. Résultat ? Elle a détruit son couple et notre famille !

Lorsque je suis revenue du Châtelet, elle m'attendait, les lèvres mordillées, le visage crayeux, et m'a lancé :

— Ça y est, tu sais ?

— Je sais quoi ?

— Tu sais qui est ton père.

Je l'aurais griffée. Quelle arriérée ! Espèce de raciste ! Parler de Dad avec un tel mépris… Je lui ai craché en réponse :

— Je sais surtout qui tu es, toi !

Puis j'ai claqué la porte de ma chambre, poussé le verrou. Nous ne nous sommes plus adressé la parole.

Qu'escomptait-elle ? Que je me jette dans ses bras pour qu'elle pleure sur mon épaule ? Que je l'accueille comme une victime alors que je la juge coupable ? Que je la cajole en rabâchant «les hommes sont des salauds» ou «l'amour n'existe pas», ses deux refrains actuels ?

Non, Dad n'est pas un salaud. Et s'il est parti, c'est par amour.

*

Échange de messages entre Colombe, Julia, Raphaëlle

COLOMBE.

Les filles, Anouchka vient de me déballer la vérité : son père a quitté sa mère pour un homme.

RAPHAËLLE.

Quoi ! C'est possible, ça ?

COLOMBE.

Plus que possible. Le père d'Anouchka et son ami vivent ensemble depuis la rentrée.

RAPHAËLLE.

Que faisait-il, avant, avec sa mère ?

JULIA.

Aimait-il déjà les hommes ou est-ce une révélation ?

COLOMBE.

C'est nouveau, semble-t-il. Anouchka m'a dit que son Dad n'avait pas honte, qu'il s'épanouissait, mais que sa seule tristesse, c'était de fracasser sa famille et de s'éloigner de ses enfants.

61

JULIA.

Qu'en pense-t-elle ?

COLOMBE.

Elle a demandé à rencontrer l'ami de son père.

RAPHAËLLE.

Je ne sais pas si j'aurais réagi de cette façon.

JULIA.

Moi non plus.

COLOMBE.

Moi, si. Une fille, ça doit vouloir que ses parents soient comblés non ?

JULIA.

Tu raisonnes comme si tu étais les parents de tes parents.

RAPHAËLLE.

Colombe a raison. Aujourd'hui, avec les couples qui se font, se défont et se refont ailleurs, être un enfant requiert beaucoup d'indulgence envers ses géniteurs.

*

Prodigieux séjour à Londres !

D'abord, la ville ne ressemble pas à l'idée que je m'en faisais, elle la dépasse.

Londres, c'est la tour de Babel qui aurait décidé de ne plus grimper vers les cieux mais de descendre sur terre pour serpenter en rues, en avenues, en places et en jardins. Ça grouille. Ça court. Les trottoirs sont couverts par des millions d'humains aux origines diverses, du rouquin laiteux à l'Indien mauve, de l'Islandaise blond paille à l'Africaine frisée, du cockney famélique au malabar Viking, sans oublier les Asiatiques, les Caucasiens, les Mongols, les Turcs, les Arabes, les Inuits, les Grecs, les Latinos, et ainsi de suite jusqu'aux Pygmées. Ces populations parlent l'anglais, une langue souple et chatoyante qui prend autant de couleurs qu'elle a de locuteurs, un anglais fruité lorsqu'il vient de Pondichéry, haché s'il arrive de Séville, hérissé de consonnes s'il surgit de Berlin, nasal s'il débarque des États-Unis, aussi tumultueux qu'un manège de foire s'il s'est nourri à Oxford.

Ma mère avait loué une chambre d'hôtel plutôt étroite qui coûtait une fortune, design, moderne, chic, laquelle me donnait l'illusion d'être un mannequin international en transit.

Je n'insisterai pas sur les boutiques où elle m'a traînée pour essayer des robes outrageusement courtes car on sait que j'abomine la mode ; je m'y sentais d'autant moins décontractée que les vendeuses s'apparentaient à des top models russes.

Quant à la soirée au théâtre, elle valait le déplacement. Nous avons assisté à une comédie musicale épatante où les décors se fondaient les uns dans les autres, où des acteurs et actrices inconnus chantaient mieux que des stars, où la troupe dansait avec un entrain bluffant aux sons d'un orchestre virtuose. Jamais on ne verrait ça à Paris ! Certes, l'intrigue était prévisible, les dialogues, pas vraiment signés par un Prix Nobel – je comprenais en gros ce qu'ils baragouinaient – et, une fois le spectacle achevé, je me suis avoué que cette perfection ne servait qu'une comédie à l'eau de rose. Les Anglais d'aujourd'hui cherchent davantage à vendre des tickets qu'à découvrir ou à encourager le nouveau Shakespeare qui leur écrirait *Roméo et Juliette*, mais bon, il serait malhonnête de nier mon plaisir.

Le clou de mon voyage a consisté en une soirée chez Dorothy où j'ai rencontré Terence.

Oui, Terence ! Le Terence de Julia… Soyons claire : ça ne relevait pas du hasard, j'avais tout arrangé depuis Paris. Maman ne s'en est même pas rendu compte.

Me voilà en face d'un grand type aux yeux pistache, les cheveux plus longs que sur sa photo, vêtu d'un pull échancré aux mailles lâches qui laissait voir la naissance des épaules et le haut du torse. Terence ne sourit jamais des lèvres, perpétuellement des yeux. Quand il parle, on croit assister au numéro d'un ventriloque tant une voix fabuleusement basse et timbrée, contraire à ses traits fins, sort de son corps, sous sa pomme d'Adam, au niveau des pectoraux, voire du ventre. Moi qui suis directe, il m'a embarrassée ; sans doute possède-t-il ce charme qui rend les filles idiotes – je n'ai pas échappé à la règle.

On a échangé des regards puis je me suis faufilée entre les invités pour arriver près de lui – contre lui, car la foule nous compressait. Nous avons discuté. Là, j'ai trouvé soudain la musique trop sonore et mon anglais moins fluide que dans les magasins ; je butais sur les mots, j'étais obligée de hurler et je m'entendais une voix sordide, enrouée, sourde. Enfin, j'ai pu mentionner Julia. Il a marqué un temps d'hésitation. Je lui ai précisé que j'étais sa meilleure amie. Un éclair a parcouru ses yeux. Terence s'est détaché du mur sur lequel il s'appuyait négligemment et m'a dit avec un sourire angélique :

— *Send my love to Julia, please.*

Il a disparu.

Moi qui ne suis ni fifille ni jalouse, j'avoue qu'à cet instant, j'ai envié mon amie.

Send my love to Julia. Envoie mon amour à Julia… Je m'explique maintenant pourquoi elle s'enflamme en interprétant Juliette.

Au retour en Eurostar, auprès de ma mère qui énumérait, grisée, ses achats au téléphone, je me contemplais dans la vitre obscurcie par la nuit. Qui es-tu, Raphaëlle ? J'essayais de repérer quel effet je produisais à celui qui m'abordait. Aurais-je pu plaire à Terence s'il m'avait connue avant Julia ? Je me sentais débordée d'émotions, agitée de pensées différentes, inouïes, qui se posaient sur moi comme des oiseaux fous, un soir d'orage, foncent sur une branche et en repartent.

*

Échange de messages entre Anouchka, Colombe, Raphaëlle

RAPHAËLLE.

Je ne comprends pas la réaction de Julia ! Lorsque je lui ai rapporté le message de Terence, elle s'est plombée. Elle me snobe depuis quatre jours…

67

ANOUCHKA.

Elle a peut-être du mal à croire que tu as croisé Terence par hasard.

COLOMBE.

Nous aussi, d'ailleurs…

RAPHAËLLE.

Quoi, vous ne me croyez pas ?

COLOMBE.

Non.

ANOUCHKA.

Je ne vais pas me proclamer reine des probabilités mais vu qu'il y a neuf millions d'habitants à Londres et que tu n'y as passé qu'un week-end, tu avais fort peu de chances de tomber sur Terence.

COLOMBE.

On te connaît, Raphaëlle…

RAPHAËLLE.

Quoi, vous me connaissez ? Ça veut dire quoi, ça ?

COLOMBE.

Ça veut dire que tu n'es pas la plus stupide d'entre nous et que tu adores fouiner dans les secrets des autres.

RAPHAËLLE.

Moi ?

COLOMBE.

Oui, toi.

RAPHAËLLE.

Moi !

ANOUCHKA.

Samedi, tu as prétendu avoir vu mon Dad avec son copain.

RAPHAËLLE.

Je te jure que c'est vrai. J'avais accompagné mon cousin gay, David, dans un café du Marais, et ils sortaient lorsque nous entrions.

ANOUCHKA.

Je n'affirme pas que c'est faux, je suppose simplement que, à ton habitude, tu avais mené l'enquête et que tu t'es rendue exprès dans ce café.

RAPHAËLLE.

Et alors ? Qu'est-ce que ça change ? Je ne t'ai pas piqué ton père. Je n'ai pas volé Terence à Julia. Je n'ai rien dit de méchant, ni sur Terence, ni sur ton père, ni sur son petit ami qui est très beau. À quoi ça rime, ce procès ?

ANOUCHKA.

C'est vrai qu'il est beau, l'ami de mon père ?

*

Journal de Colombe

J'ai couché avec Hugo.

Oui, je sais, mon comportement n'a aucune cohérence car je suis amoureuse de Lucas et officiellement draguée par Mehdi.

N'empêche que j'ai fait l'amour.

Ça n'a pas d'importance. Enfin, si, une première fois a beaucoup d'importance ; Hugo en revanche, lui, n'en a pas.

Hugo, je le fréquente depuis la maternelle, nous allions ensemble à l'école primaire, je le considère comme un frère.

Quoiqu'il ait intégré un lycée technique, nous nous voyons toujours. Bien sûr, j'avais remarqué qu'il s'était dépouponné, qu'il mesurait un mètre quatre-vingt-cinq, qu'il chaussait du 46, qu'il plaisait aux filles ; certes, il m'avait raconté ses histoires précédentes, avec Olivia et Stéphanie, mais je continuais à voir en lui le gamin que j'avais connu, et il me semblait qu'entre nous, à cause de notre enfance commune, il ne pourrait jamais rien se produire de sexuel.

C'est la raison pour laquelle je ne me suis pas méfiée ; je l'ai laissé venir cet après-midi dans ma chambre, nous nous sommes allongés sur la couette en nous racontant nos aventures, nos rêves, nos envies, nos déceptions. On se moquait gentiment de nous, on s'amusait, on a roulé l'un sur l'autre. Il m'a embrassée dans le cou. J'ai pouffé en protestant qu'il fallait rester sérieux puis je lui ai mordillé le lobe de l'oreille. Ses lèvres ont glissé jusqu'aux miennes, d'abord timides, je l'ai donc encouragé, il est devenu plus audacieux et là, je me suis dit en une fraction de seconde qu'on suivait une pente scabreuse…

C'était déjà trop tard…

Tout du long, nous avons ri. Peut-être

parce que nous voulions croire que c'était une plaisanterie. Peut-être parce que glousser demeurait une manière de nous raccorder au passé en avançant vers un présent inconnu.

C'est fait. J'ai saigné, je n'ai pourtant pas eu mal. Hugo a été impeccable, mignon, généreux, prévenant, soucieux que ma première fois me procure un bon souvenir.

Ce soir, fourbue, béate, je ronronnais comme un chat lors du dîner, au point que mes parents se sont moqués de moi et m'ont lancé :

— Eh bien, Colombe, tu es amoureuse ?

J'ai été époustouflée de m'entendre rétorquer :

— Même pas…

Voici la vérité : je n'éprouve pas d'amour pour Hugo, un peu pour Lucas, un petit peu pour Mehdi, mais je savoure le bonheur d'être une femme.

Quatre heures du matin. Le bonheur trépasse.

Puisque ma première fois relevait de l'improvisation, ni Hugo ni moi n'avons pris de précautions.

J'ai peur de tomber enceinte.

Journal d'Anouchka

J'ai rencontré Gaspard, l'ami de papa.

Super, cool, relax, vraiment séduisant. Il a une belle bouche rouge et ronde. Sûr qu'il plaira à mes amies.

Dad est différent auprès de lui, en alerte, frémissant, craintif et ébahi, comme lorsqu'il veillait les chatons dont Moumoune avait accouché au Noël de mes dix ans.

Assez vite, nous avons rigolé ensemble et le repas a continué, jovial, animé, réchauffant.

Le moment qui m'a troublée, c'est le dessert : Dad a saisi la main de Gaspard pour lui rappeler une anecdote. Ils ne se sont pas détachés pendant au moins trente secondes. Je suis restée en apnée – je ne m'en suis rendu compte qu'en reprenant mon souffle à la séparation de leurs mains.

Dad ne câlinait jamais maman, ni personne. Seulement moi.

Journal de Colombe

Ouf, je suis sauvée !

J'ai eu le réflexe de parler à Marie, la copine d'Augustin, qui s'est retrouvée enceinte l'année dernière.

Elle m'a aussitôt emmenée à l'infirmerie du lycée où madame Finnois, sans me questionner, m'a fourni la pilule du lendemain.

Plus de tracas ! Femme, je voulais bien le devenir ; mère, non. De surcroît, une grossesse aurait livré au public cet événement privé ; mes amies auraient appris ce que, pour l'instant, je leur cache ; Lucas et Mehdi m'auraient considérée comme une écervelée et surtout, aux yeux de mes parents, ma joie aurait été transformée en ânerie, ma liberté, en erreur. Alors que je suis sexuellement majeure, j'allais devoir me dédouaner et subir leurs critiques sur mon immaturité.

L'unique amie à qui je me livrerai, ce sera Julia : elle connaît ces sensations.

Journal de Raphaëlle

Je suis bouleversée : Terence vient de m'envoyer un mail.

Non seulement il s'intéresse à moi, mais il s'est débrouillé pour dégoter mon adresse.

Dois-je en parler à Julia ? Elle me bat froid depuis mon excursion à Londres.

S'il a obtenu d'elle mon adresse, j'aurais l'air truffe en me taisant. Ou sournoise…

Que faire ?

Je verrai plus tard. Pour l'heure, je lui réponds.

Journal de Julia

« Roméo, Roméo, pourquoi es-tu Roméo ? »

Jouer Juliette me remplit de questions.

Pourquoi Roméo ? Pourquoi Juliette ?

Ils étaient libres jusqu'au coup de foudre ; ils ne le sont plus dès qu'ils le reconnaissent.

On ne choisit pas en amour, on est choisi par l'amour. La passion fond sur Juliette et Roméo comme un virus contamine une population. Venue de l'extérieur, elle les infiltre, elle creuse son lit, prospère, se développe. Ils la subissent, cette passion, ils se tordent de fièvre, ils délirent, ils laissent toute la place à ce fléau, au point d'en mourir.

Roméo et Juliette, pièce romantique, constitue en vérité un rapport clinique, le procès-verbal d'une pathologie où j'incarne la patiente numéro 1.

Je me demande si je ne me suis pas précipitée sur ce rôle afin de m'immuniser. Plus j'avancerai, plus je fabriquerai d'anticorps. Quelques efforts encore, et je serai vaccinée contre l'amour.

J'ai tant souffert cet été avec Terence. Souffert de désirer. Souffert d'être obsédée. Souffert de chercher incessamment auprès de son corps une tranquillité qu'il ne pouvait pas me donner car, plus il se montrait bienveillant, empressé, tendre, plus je le quittais tendue, agacée, folle, dépendante, intoxiquée. Ce qui aurait dû combler ma frustration l'exacerbait.

Comme je dégringole de haut ! Alors que depuis ma naissance je me croyais exceptionnelle, je découvrais en face de lui combien j'étais ordinaire. Une fille pareille aux autres. Aussi gourde que le troupeau. Voire plus…

Pour cette raison, j'ai détesté Terence autant que je l'ai adoré. En même temps qu'un éblouissement, il représente une épouvantable révélation, celle de ma médiocrité.

Et quand je pense qu'aujourd'hui Raphaëlle fantasme sur lui…

Ma Raphaëlle, apprends que des Terence, il y en a des milliers, des millions, puisque c'est nous, les filles, qui les créons en permettant à la bactérie d'un regard d'entrer en nous ; ensuite, la maladie suit son cours en nous rendant démentes, en parant le garçon d'avantages ou de lauriers qu'il n'a pas, en nous persuadant que notre bonheur, notre salut passent par ses bras.

« Roméo, Roméo, pourquoi es-tu Roméo ? »

Parce que les Juliette savent inventer les Roméo.

Journal d'Anouchka

Oui, je suis injuste mais je ne peux m'en empêcher : j'attaque ma mère sur tous les fronts.

Il ne s'écoule pas un seul jour sans que nous nous affrontions au cours de scènes immondes.

Elle m'a reproché d'avoir rencontré l'ami de Dad. Je suis montée à l'assaut :

— Dad est mon père, et ce sera toujours mon père. Je m'intéresse donc à sa vie.

— C'est faux. Tu veux simplement rester sa petite fille chérie.

— Toi, pourquoi tu n'as pas tenté de rester sa petite femme chérie ?

— Au cas où tu ne l'aurais pas remarqué, Anouchka, la maîtresse de ton père est un homme. Il y a des rivaux contre lesquels on ne peut pas lutter.

— Pas d'accord ! Tu pouvais rester sa petite femme chérie, peut-être même encore plus.

— Qu'imagines-tu ? Un couple à trois ?

— J'imagine que tu n'étais pas obligée de lui pourrir la vie en le contraignant à aller respirer ailleurs. Dad était devenu un mort-vivant ces dernières années. Si tu l'avais revu avec moi l'autre jour, tu aurais constaté qu'il est détendu, rajeuni, en pleine forme, comme jamais.

— Pas un mot de plus, Anouchka, ou je t'étrangle.

— Il rayonne parce qu'il est amoureux, tu m'entends, parce qu'il est amoureux ! Regarde-toi, oui, regarde-toi : n'importe qui devine que tu ne l'es pas.

Au lieu de me trucider, elle est partie, en larmes, se barricader dans sa chambre. Quand j'ai croisé la grimace de mon frère, j'ai admis que j'étais allée trop loin, mais le mal était fait.

J'aurais dû lui expliquer plus sereinement ce que je pense. Nous, les adolescents, nous comprenons à travers les adultes que chaque sentiment se tarit. Ma mère donne l'impression que, une fois une relation finie, l'amour expire : il ne subsiste qu'une désillusion au parfum de haine. En revanche, Dad me montre que, lorsqu'une passion meurt, une passion naît ; il m'autorise à croire en l'amour, même si celui-ci se fractionne ou se métamorphose.

Je racontais cela tantôt au téléphone et Dad m'a engueulée :

— Anouchka, tu vois les choses de ton point de vue. Tu tires des leçons égoïstes de nos péripéties au lieu de saisir la souffrance de ta mère.

— Elle souffre d'amour-propre, pas d'amour. Elle rage d'avoir perdu la face.

— Qu'en sais-tu ?

— Et toi ?

De par sa culpabilité de nous avoir quittés – et d'être heureux –, Dad a tendance à jouer les seigneurs en se couvrant de torts pour prêter à ma mère mille vertus.

J'en ai parlé aux amies : extravagant, le divorce ! Celui qui part trouve toutes les qualités à celle qui l'a fait fuir, tandis que celle qui refuse la séparation explique au monde entier qu'elle vivait avec un monstre.

Personne ne les voit mais j'ai deux ailes qui m'ont poussé dans le dos, grâce auxquelles je volette au-dessus des mortels.

Terence ne me lâche plus.

Tous les jours – que dis-je, plusieurs fois par jour –, nous nous écrivons. Paris-Londres. Londres-Paris.

Mon dilemme précédent se dissipe : Terence m'a conjurée de ne pas révéler notre correspondance à Julia.

J'ai obéi. Tant mieux d'ailleurs, car Julia se montre de nouveau charmante.

Pour l'instant, une amitié se tisse entre Terence et moi, une amitié dépourvue d'équivoque, cependant je ne franchirai pas des étapes d'affection sans exiger une clarification sur ses rapports avec Julia. Je ne suis pas une voleuse de fiancé.

P.-S. Détail cruel. Terence m'a réclamé une « jolie photo de moi ». Calamité ! Une jolie photo de moi, ça existe, mais une photo de moi *jolie* ? J'ai donc intrigué pour que, au lieu de gaspiller quatre heures à siroter un chocolat au Balmoral, nous improvisions une «après-midi mannequin», les filles et moi. Fringues, maquillage, photos, nous nous sommes bien amusées, chacune alternant le rôle de modèle et celui de photographe. Alors, le détail cruel ? C'est Julia qui a pris le meilleur cliché de moi. Lorsque je l'ai envoyé à Terence, j'ai reçu en retour quinze lignes de compliments ! Est-ce pervers de m'en réjouir ? Tant pis…

Journal de Colombe

«Si tu cesses d'être mon ami, tu ne l'as jamais été.»

Pas mal, le vieil Aristote ! Au IVe siècle avant Jésus-Christ, les Grecs n'avaient pas l'Internet, ils employaient leurs méninges.

Fière de ma découverte, j'ai proposé aux filles de méditer cette citation, or elles ont ricoché en l'appliquant à l'amour.

«Si tu cesses d'être mon amour, tu ne l'as jamais été.»

Nous avons aussitôt dressé l'inventaire des couples dans nos familles, parents et grands-parents, afin de repérer les amours incorruptibles. Maigre récolte !

Au niveau des parents, inutile d'insister : les derniers qui avaient tenu, ceux d'Anouchka, viennent de se quitter.

À la génération précédente, ça se complexifie un peu. De nombreuses veuves, quelques séparations. Seule Raphaëlle a un grand-père et une grand-mère toujours unis mais la grand-mère souffre depuis des années de la maladie d'Alzheimer, ne reconnaît plus personne, ne prononce pas un mot, et le grand-père se consacre à elle.

— C'est fantastique, s'est écriée Anouchka.

— Oui, a répondu Raphaëlle, de là à les comptabiliser dans les époux durables… Elle n'a plus que des lambeaux de conscience, elle ne se souvient de rien, elle n'exprime plus de sentiments.

— Je n'osais pas te le dire, a renchéri Julia. Ta grand-mère est partie ailleurs… Et qui nous prouve que ton grand-père ne l'aurait pas quittée s'il n'avait la charge de l'assister ?

— La plupart des hommes s'enfuient dans ces cas-là, ai-je affirmé en pensant aux amies de maman qui ont vu s'éloigner leur compagnon lors d'un cancer du sein.

— Mon grand-père est resté, vous avez raison, a assuré Raphaëlle. Cependant est-il resté par amour ou par devoir ? À cette époque-là, le mariage commandait un engagement moral indissoluble.

En bref, nous n'avons pu cerner aucun couple constant de façon indubitable. Les vaisselles tuent l'amour.

Nous étions vraiment décontenancées. Julia en a déduit qu'elle cultiverait le pessimisme, moi que je ne rechignerais pas à vivre plusieurs histoires, Raphaëlle a rugi «Joker!»; seule Anouchka refuse de se décourager : elle nous a promis qu'elle réussirait là où ses parents ont échoué.

Laquelle de nous quatre connaîtra le bonheur ?

Afin de nous changer les idées, nous sommes montées au grenier aménagé en cinéma chez Raphaëlle, nous avons choisi une comédie sentimentale bien nunuche que nous avions déjà vue six fois, pris une boîte de mouchoirs en papier, et en route pour la volupté des larmes. Nous savons que ce film se réduit à un tissu de mensonges, pourtant ce tissu nous plaît…

Journal de Raphaëlle

J'ai imploré Terence de me décrire ses rapports avec Julia. Voici ce qu'il m'a répondu :

— Mes rapports avec Julia seront ce que tu décideras qu'ils seront.

Illico, j'ai exclu d'endosser cette responsabilité.

Terence a insisté :

— C'est toi qui décideras.

— Jamais ! Je ne trahirai pas mon amie.

— J'ai aimé Julia cet été. Cependant, depuis que je te connais, je me tâte : n'était-ce pas un caprice de vacances.

— Sûr ?

— Tu décides.

— Non, toi.

— Toi !

— Enfin, Terence, si tu me laisses décider, c'est que tu as déjà décidé.

— Ah bon ?

— Oui.
— Et toi, que décides-tu ?
— Je t'aime.
— Moi aussi.

Journal de Colombe

J'observe son attitude à la cantine, au goûter, au café. Elle fixe les aliments, les tripote avec ses couverts pour donner l'impression qu'elle se restaure, puis, discrète, propose aux autres de finir sa part.

Anouchka maigrit.

Tout à l'heure au Balmoral, alors qu'elle émiettait un biscuit en catimini sous sa chaise, je lui en ai fait la remarque. Elle a nié farouchement et m'a annoncé, au comble de la rancœur, qu'elle considérait notre amitié comme brisée.

Journal d'Anouchka

Je viens de supplier Colombe de me pardonner.

Pour une fois qu'on s'intéresse à moi, je mords !

C'est Dad qui m'a pacifiée. Après mon clash avec Colombe, je me suis précipitée chez lui – chez Gaspard – et j'ai fondu en larmes.

Nous nous sommes retirés dans sa chambre et nous avons parlé de mon comportement. Il m'a expliqué que je cessais de manger pour rester enfant, par haine du monde adulte, par crainte de la sexualité, mais que, même si je descendais à trente kilos, je ne récupérerais ni mes dix ans, ni mon père et ma mère ensemble. Je dois me nourrir, me développer, m'affiner, m'approfondir. Beaucoup de bonnes choses m'attendent dans l'avenir, encore plus belles qu'avant.

Nous avons ensuite dîné tous les trois – il a prévenu maman qui se taisait au bout du fil, aussi cordiale qu'un bouledogue –, puis nous avons visionné un opéra sur l'immense écran de leur appartement.

J'aimerais bien vivre avec Dad et Gaspard.

*

Échange de messages entre Colombe, Raphaëlle, Julia, Anouchka

COLOMBE.

Les filles, Marie vient de m'appeler : elle est enceinte.

JULIA.

Marie, la fiancée d'Augustin ?

COLOMBE.

Oui ! C'est sa deuxième grossesse.

JULIA.

C'est toi qu'elle contacte ! Pourquoi ?

COLOMBE.

Julia, ce n'est pas le sujet. Je vous dis que Marie porte de nouveau dans son ventre un bébé.

RAPHAËLLE.

Elle ne prend pas la pilule ?

COLOMBE.

Non, c'est Augustin qui se protège.

JULIA.

Décidément, tu sais tout…

COLOMBE.

J'ai posé la question.

RAPHAËLLE.

Scandaleux que Marie fasse confiance à Augustin après l'incident de l'année dernière. Elle veut collectionner les avortements ou quoi?

COLOMBE.

Je te trouve peu charitable.

RAPHAËLLE.

Je n'admets pas qu'on perde le contrôle.

JULIA.

Tu verras quand ce sera ton tour.

RAPHAËLLE.

Oh, c'est déloyal, ça.

ANOUCHKA.

Les filles, arrêtez de vous chamailler! Que peut-on faire pour Marie?

COLOMBE.

La soutenir. Lui manifester notre solidarité.

RAPHAËLLE.

Augustin, comment a-t-il réagi?

COLOMBE.

Lorsque Marie lui a annoncé ce pépin et lui a précisé l'heure de son admission à l'hôpital, il a pris son casque, il est monté sur sa Vespa et s'est enfui.

ANOUCHKA.

Il doit crever de honte.

RAPHAËLLE.

C'est sûr ! Rendez-vous au Balmoral dans une heure pour en parler, les filles ?

COLOMBE.

Oui !

ANOUCHKA.

Ça marche !

JULIA.

Augustin ne viendra donc pas au cours de théâtre vendredi ?

*

Journal de Colombe

Ça se complique alentour…

Mehdi devient entreprenant et son insistance me plaît.

Depuis Bruxelles, Lucas, comme s'il pressentait un danger, m'adresse des messages de plus en plus affectueux.

Que faire ?

Peu importe, grâce à mon initiation avec Hugo, je suis prête ! Que ce soit pour Lucas ou pour Mehdi, je suis prête…

Je ne sais pas ce que je veux, mais personne ne me l'imposera.

Journal de Julia

Nulles nouvelles d'Augustin.

Il a eu tort de s'éclipser car le lycée entier le blâme sans qu'il puisse se défendre, des professeurs aux élèves en passant par les parents ; on le traite de voyou, de bourreau, d'égoïste, de connard machiste, et j'omets les versions plus vulgaires. « Serais-tu aussi chaste que la glace et aussi pur que la neige, tu n'échapperais pas à la calomnie. »

Il est vrai que lorsqu'on aperçoit Marie, fluette, face d'ange aux cheveux pâles, aux poignets et aux chevilles plus menus que ceux d'un enfant, qui déambule les yeux humides, seule, quasi perdue, dans les couloirs de Marivaux, on a envie de frapper la brute qui envoie cette faible créature à l'hôpital pour un deuxième avortement.

« Ces plaisirs violents ont des fins violentes. Dans leurs outrances, ils meurent, tels la poudre et le feu que leurs baisers consument. »

Où se terre-t-il ? En quittant Marie, Augustin est rentré chez lui et s'est trouvé devant ses parents furieux, informés par ceux de Marie, qui l'ont agoni d'injures. En silence, il est remonté sur sa Vespa et a mis les gaz. Depuis, aucun signe de vie, sauf à Marie, laquelle a reçu ses excuses et des messages d'amour.

Finement manœuvré au fond, car désormais ses parents se bilent au lieu de râler. Dès qu'Augustin réapparaîtra, ils effaceront l'ardoise et lui ouvriront les bras. Je retiens cette ruse au cas où…

N'empêche ! Il ne sera pas là demain au moment où Marie se fera avorter. Puisqu'elle a récusé l'assistance de ses parents qui ont traité Augustin de moins que rien, c'est Colombe qui l'accompagnera et lui tiendra la main.

Curieux, cette proximité entre Colombe et Marie..., je me demande ce que ça déguise.

Ce matin, j'ai écrit à Augustin pour lui dire que je ne le jugeais pas et qu'il pouvait me considérer comme son amie. À cet instant, pas de retour.

Pourquoi ai-je fait ça ?

Je ne tolère pas l'unanimité contre quelqu'un, elle me donne tout de suite envie de me démarquer. Quand j'ai fait part de ce réflexe à Anouchka, elle a suggéré que ça présageait une vocation d'avocat. « Ou de criminelle ! » ai-je rétorqué.

J'aime bien Augustin, ou plutôt j'aime bien certains détails d'Augustin, son sourire, ses mains puissantes, ses sourcils phénoménalement dessinés et, dois-je l'avouer, son ventre plat – plus que plat, encastré dans son abdomen, comme si le nombril se boutonnait à la colonne vertébrale. Par contraste, ses épaules s'affaissent, mais je m'en moque… Ce creux au bas du torse me paraît très sexy.

Je tiens à ce qu'il revienne et se rende au cours de théâtre. Comment jouerai-je Juliette si l'on m'ôte mon Roméo ?

Journal de Raphaëlle

Ah, quelle aubaine, mes parents flippent ! Je cafouille, j'erre, je déçois. Ayant du mal à m'intéresser au produit intérieur brut du Cameroun, à la division cellulaire par scissiparité ou au mode conjonctif allemand que le français exprime soit par le subjonctif, soit par le conditionnel, j'ai quitté la peau de l'élève accomplie qui rapporte les meilleures notes de la classe – depuis deux semaines, Julia me devance, et je concurrence Colombe en dilettantisme.

J'avais peur que cela n'arrive jamais…

Quoi ?

Être envoûtée. Ne plus pouvoir me concentrer. Trouver tout vain et ridicule en dehors de mon homme.

J'ai offert des vacances à la Raphaëlle précédente. La fille parfaite a fichu le camp, laissant place à une fille normale.

Je me sens de plus en plus femme.

Merci, Terence.

Mon seul embêtement, c'est l'interdiction de parler de lui à Colombe ou à Anouchka. Si je leur racontais notre relation, nos lettres électriques, notre amour en un mot, elles s'indigneraient et iraient tout révéler à Julia.

Pourtant, j'ai la conviction de n'avoir rien volé : Terence s'était détaché de Julia avant même que j'arrive, il me l'a juré. Quand je le prie d'assainir la situation, il me promet d'obéir mais ajoute qu'il faut accorder « du temps au temps » afin que Julia cicatrise.

Elle agit singulièrement, d'ailleurs, Julia… Après nous avoir jeté à la figure qu'elle avait couché avec Terence, elle se comporte comme s'ils étaient toujours en contact, comme si, malgré la distance, leur relation s'amplifiait. En temps normal, j'aurais mené ma petite enquête et tenté d'extorquer des renseignements ou des aveux ; là, j'estime prudent de demeurer réservée.

C'est torturant, un amour clandestin, car à chaque seconde on a envie de crier sa félicité à la face du monde.

Merci Terence, tu as changé le sang qui coule dans mes veines. Je suis heureuse jusqu'à la fureur.

*

Échange de messages entre Colombe, Julia, Raphaëlle, Anouchka

COLOMBE.

Les filles, je n'ose pas le croire : Augustin a mis le feu à un garage !

JULIA.

Pardon ?

COLOMBE.

Cette nuit, il a arrosé d'essence une concession Renault à Rueil, il a jeté une allumette et s'est assis sur un banc. Les pompiers arrivés, il n'a pas bougé. C'était trop tard pour sauver les bâtiments et les voitures déjà calcinées. Il y aurait quatre millions de dégâts.

ANOUCHKA.

Où est-il ?

COLOMBE.

Au poste. Quand un pompier qui se battait contre les flammes lui a demandé de s'écarter du foyer, il a répondu qu'il admirait son œuvre. Du coup, le capitaine l'a désigné aux policiers. Augustin a confirmé son attentat. Ils l'ont arrêté.

RAPHAËLLE.

Je ne comprends pas. Augustin pyromane ? Augustin casseur ? C'est le dernier garçon que j'aurais imaginé agressif.

COLOMBE.

Moi aussi.

ANOUCHKA.

Moi aussi.

JULIA.

Qui te l'a dit, Colombe ?

COLOMBE.

Marie… Elle est terrassée. Elle a l'impression qu'on lui parle d'un autre Augustin que celui qu'elle a connu.

*

Journal d'Anouchka

Dans chaque personne familière se tapit un étranger prêt à bondir.

De mon père a surgi un amant qui pouvait désirer un homme. De ma mère, une harpie. D'Augustin, un délinquant. À foutre la frousse…

J'appréhende ce qui va un jour sortir de moi.

On croit se connaître alors qu'on discerne juste une silhouette au loin. S'approcher s'avère périlleux. Notre apparence et notre histoire antérieure constituent un paravent derrière lequel se cache l'inconnu.

J'espérais qu'en mûrissant, je deviendrais moi-même. Mais si je devenais une autre ?

Journal de Raphaëlle

Avec Terence, quoique à distance, nous avons enquêté sur les cas d'adolescents qui se sont livrés à des crimes spectaculaires, vols, incendies, jusqu'aux massacres à l'arme à feu aux États-Unis ou en Norvège…

Aucun cas ne correspond au camarade Augustin. Il n'avait pas de convictions politiques, ne fréquentait pas de groupes extrémistes ; il n'était ni rejeté ni isolé, puisque uni depuis trois ans à Marie.

Inconcevable. Illogique. Il n'aurait pas dû faire ça.

Journal de Colombe

Augustin n'ira pas en prison. À dix-sept ans, il reste mineur, la justice devrait l'envoyer en maison de redressement.

Le plus étrange, c'est qu'il ne nie rien : il revendique.

Journal de Julia

Qu'Augustin revendique l'attentat du garage n'est pas étrange, c'est la clé.

Personne ne comprend son acte, sauf moi.

Le dirai-je aux autres ?

Journal d'Anouchka

Ma mère ! J'ai un père gay, une copine enceinte, un copain en cellule, des camarades qui se défoncent à la drogue ou à l'alcool tous les samedis, et ma mère me gueule dessus parce que j'ai fait une tache sur mon jean. À se flinguer ! Je ne fonderai jamais de famille...

Journal de Colombe

Semaine compliquée. J'ai eu le sentiment de ne pas être une mais plusieurs.

J'ai cédé à Mehdi. Profitant de ce que mon père et ma belle-mère occupent l'étage supérieur et de ce que, comme tous les vieux, ils s'écroulent de sommeil à vingt-trois heures, j'ai introduit Mehdi. Nous avons passé nos nuits ensemble.

Le premier matin, après avoir chassé Mehdi, j'ai mis mon tee-shirt le plus défraîchi, mes cheveux en pétard, j'ai accentué les cernes de mes yeux et j'ai pleurniché en prétendant que j'étais claquée. En plus d'avaler mon mensonge, les parents m'ont plainte et ordonné de me reposer à la maison. À mourir de rire...

Au lycée en revanche, Mehdi et moi n'avons pas pu dissimuler la vérité plus de quelques heures. Les filles s'en sont doutées – Julia en tête –, et l'information a fait le tour de l'établissement plus vite qu'un neutron dans un accélérateur de particules – on voit que je travaille mes cours de physique, non ? Bon, Mehdi n'est pas un premier prix de beauté, néanmoins on lui reconnaît du charme – moi aussi – et de la virilité – moi aussi ! De toute façon, il clame que je suis ravissante pour deux.

J'adore ma relation avec Mehdi car je la contrôle. Modérément éprise, convaincue qu'il n'arrive pas à la cheville de Lucas, je conserve mes moyens en sa présence tandis que lui, fou de moi, ivre, exalté, se donne sans retenue. Il s'est même évanoui d'émotion entre mes bras. Quelle peur ! Quel délice ! Un géant pareil terrassé par une frêle femme comme moi... Ça me plaît qu'il m'idolâtre. Ça me captive de lui fournir ce qu'il souhaite puis de le lui refuser. Ça m'enchante d'éprouver du désir mais aucun besoin. Je me délecte de le gouverner en reine.

Dans le même temps – et c'est à n'y pas croire –, Lucas m'annonce depuis Bruxelles qu'il quitte Vanessa. Je ne sais pas quoi en penser : est-il intervenu parce qu'il a des antennes qui captent mes émotions ? Veut-il me rappeler que je ne suis pas amoureuse de Mehdi ? Me demande-t-il de me réserver pour lui ? Ou tout cela relève-t-il du hasard ?

Un point de bonus dans cette confusion : au lieu de sauter de joie, je lui ai envoyé une missive laconique où je m'enquérais, après ce choc, de son moral et de celui de Vanessa. Plus détaché, ça n'existe pas.

N'empêche, au long de la semaine je me suis réjouie de croiser cette conne dans tous ses états. « Un peu de chagrin prouve beaucoup d'amour, mais beaucoup de chagrin montre trop peu d'esprit », dirait Julia – ou Shakespeare.

Le peu de temps qui subsistait, je l'ai octroyé à Marie. Elle a oublié son avortement, elle se soucie exclusivement d'Augustin qu'elle n'arrive pas à voir, qui ne répond à ses courriers que par trois mots, toujours les mêmes : « Je t'aime. »

Où se situe la folie d'Augustin : dans l'incendie ou dans son amour ?

Les deux ont provoqué des ravages.

Journal de Julia

Je suis la seule, en dehors de ses parents, qu'Augustin a accepté de recevoir au parloir. Bien évidemment, je ne le révélerai jamais à Marie.

Pourquoi cette faveur ? Il avait ouvert mon message.

À la seconde grossesse de Marie, les gens ont culpabilisé Augustin : comment ce salaud pouvait-il à ce point ne penser qu'à son plaisir, négliger sa partenaire jusqu'à l'engrosser ? Or il ne s'agissait pas d'un accident. Augustin désirait un enfant de Marie. Il avait besoin d'une naissance pour lutter contre la malédiction qui affecte sa famille.

Ses deux sœurs sont mortes en bas âge d'une maladie héréditaire à laquelle lui a échappé. Il est resté fils unique.

Augustin veut se mettre du côté de la vie, il a besoin d'inverser la fatalité, il voulait consacrer son union avec Marie par un bébé. Ses proches ne s'en sont-ils pas rendu compte ?

Accusé, vilipendé, Augustin n'a pas répliqué. L'aigreur de ses parents a achevé de lui briser le cœur. Il a incendié un garage afin d'interpeller ceux qui le réprouvaient : « Vous me prenez pour un voyou ? Vous avez raison : je suis un voyou et je vous le démontre. » Il préférait confirmer la conception désastreuse que les gens ont de lui plutôt que de dévoiler son intimité et ses tourments. Il s'est protégé, en somme.

Pendant les dernières minutes de notre rencontre, il m'a demandé comment j'avais deviné. J'ai répondu que j'avais eu cette intuition au théâtre, lors de nos répétitions, en regardant ses mains : ce n'étaient pas des mains d'amant, c'étaient des mains de père.

À ce mot « père », il s'est mis à sangloter. Terrible de voir un grand corps creux secoué par les larmes… Je prononçais les mots insipides censés consoler quand la gardienne m'a annoncé que la visite se terminait. En me raccompagnant, elle a grommelé, interloquée : « Comment avez-vous fait pour le rendre normal ? C'est la première fois qu'il pleure. »

Dans le bus qui me conduisait à Marivaux, je me suis félicitée d'avoir omis la vérité sur ma perspicacité : l'année précédente, j'avais parcouru la dissertation où Augustin racontait son enfance.

Cela dit, le professeur l'avait lue, ses parents aussi… Ne se souviennent-ils que du 18 qui l'avait couronnée ?

Journal de Raphaëlle

Catastrophe ! Julia se rend à Londres le week-end prochain pour rejoindre Terence. Sur le coup, cela m'a semblé tellement impossible – Terence appartient à ma vie parallèle, dans une autre galaxie que celle où je fréquente Julia – que je n'ai pas pipé mot. On aurait même pu croire que je n'avais rien entendu.

De retour à la maison, j'ai demandé à Terence s'il était au courant de cette visite, et depuis quand.

— Deux jours, m'a-t-il répondu.

Or, à la même question, Julia m'a rétorqué :

— Trois mois.

Trois mois, c'est le moment où notre liaison a démarré ! Je me sens coincée dans un cauchemar.

Qui dit faux ? Qui dit vrai ?

À force de m'interroger, j'ai attrapé 39 de fièvre et vomi mon repas.

Je hais ma vie…

Journal d'Anouchka

Le Balmoral, notre café, je m'y sens comme dans ma deuxième maison, une maison joyeuse, bruyante, désordonnée, que je partage avec mes amies et mes potes. Les serveurs nous connaissent, nous appellent par nos prénoms, nous lancent des mots drôles en se déhanchant entre les tables. Je les prends pour les parents de notre groupe, des parents dévoués, disponibles, jamais incommodés par nos cigarettes, nos fausses disputes, nos palabres ou nos fous rires. Des parents que deux ou trois euros satisfont.

D'ordinaire, la terrasse nous appartient, nous laissons les adultes se tasser à l'intérieur. En toute saison, nous disposons les chaises à notre guise, protégés de la pluie par le store, du froid par les parasols chauffants.

Sauf à l'instant où j'écris cette page, il y a toujours du monde, des copains, des copines, mais ce lundi, à neuf heures du matin – on m'a dispensée de gym –, en compagnie de mon milk-shake, j'ai l'impression d'être une ancêtre qui revient dans un lieu de son enfance : les murs demeurent, les meubles, les objets, les couleurs de même, mais il n'y a pas d'ambiance, et seuls des spectres sirotent leur verre derrière les tables vides. Le néant…

Je frissonne.

En feuilletant mon journal, je viens de découvrir qu'une de mes prédictions s'est réalisée : j'avais prévu qu'après Julia, ce serait Colombe qui aurait droit à sa « première fois ». Cela vient de s'accomplir entre elle et Mehdi.

Selon cette même prévision, c'est maintenant mon tour.

Mon Dieu, comme j'en suis loin ! La séparation de mes parents m'a tourneboulée, l'histoire sauvage d'Augustin et Marie aussi, je n'ai pas eu le temps de regarder autour de moi si, parmi les garçons, il y en aurait un qui…

Là réside la question : dois-je choisir quelqu'un qui me plaît ou quelqu'un à qui je plais ?

Raphaëlle ne me paraît guère plus avancée… J'ai encore des chances d'y arriver.

Journal de Raphaëlle

Ce vendredi, en partance pour Londres, Julia a demandé à monsieur Palanquin si l'on ne reviendrait pas sur une idée précédente afin de sauver le spectacle de théâtre :

— Je propose que Raphaëlle prenne le rôle de Roméo.

Les garçons ont fait chorus et monsieur Palanquin s'est tourné vers moi.

— T'en sens-tu capable, Raphaëlle ? On confierait les éclairages à Sébastien, ton assistant.

M'en sentir capable ? Capable de quoi ? De réciter des paroles d'amour à Julia que j'exècre parce qu'elle va voir Terence et tâcher de me le piquer ? De l'embrasser, de m'allonger auprès d'elle pour que nous rêvions, côte à côte, du même garçon ? Il n'y a qu'une chose que je pourrais faire avec allégresse : infiltrer le groupe des accessoiristes et, dans la fiole dorée, verser un vrai poison.

Soudain consciente de ma perfidie, j'ai tellement voulu éviter qu'on entende les incongruités qui me polluaient la tête que j'ai répondu :

— Oui, bien sûr.

Mince ! J'avais dit l'exact contraire de ce que je pensais.

Je me suis ressaisie en corrigeant :

— Laissez-moi le week-end, monsieur.
Il faut que je réfléchisse, que je mesure la
charge de travail que ça représente. Nous
avons le baccalauréat de français.

Monsieur Palanquin a approuvé ; une grimace inusitée s'est dessinée sur le visage de
Julia.

À cette heure-ci, elle rencontre déjà
Terence. Il m'a promis de rompre. J'attends
son message, je guette mon écran sans
arrêt.

Lui faut-il tout, à celle-là ? Terence et le
rôle de Juliette ? Quelle arrogance… Quand
je songe que Julia fut, un temps, ma meilleure amie.

Journal de Colombe

Plus j'avance dans la vie, plus les êtres me
deviennent opaques. Le plus serviable garçon du monde, Augustin, se révèle un van-
dale ; Raphaëlle se crispe si je la somme de
m'avouer qu'elle en pince pour quelqu'un ;
Julia s'est retirée dans sa tour d'ivoire ; seule

Anouchka reste dénuée de mystère mais ça, à la limite, j'aurais plutôt tendance à le lui reprocher.

Et moi ?

Moi-même, je m'échappe. Je ne comprends rien à moi.

Depuis deux semaines, ce qui m'attirait chez Mehdi me rebute. Ses égards, son adoration, sa passion inconditionnelle me tapent sur les nerfs. Et ce sourire perpétuel, ces longs cils de fille, ces lèvres plus charnues que les miennes... si cela me semblait naguère craquant, cela m'apparaît niais. Un peu de tenue ! Du caractère, nom de Dieu ! J'ai envie d'un homme, d'un vrai, pas d'une crêpe qui s'aplatit devant moi. Inutile d'être baraqué, poilu, musclé, pour se montrer une glu informe dans l'intimité.

Le dominer ne m'emballe plus ; je m'ennuie. Au secours ! N'est-ce donc que ça, la relation d'une fille et d'un garçon ? Pas plus palpitant ? Je souhaiterais que notre histoire s'avère difficile, truffée de pièges, de blocages, de retournements, de ruses, de séparations et de reconquêtes. J'ambitionne que notre histoire soit une histoire, tout simplement, avec des épisodes variés. Au lieu de cela, nous pataugeons dans un état de pseudo-félicité.

— Tu n'es jamais contente, m'a répliqué Anouchka.

Si, je suis contente, mais je ne me contente pas de peu.

Un soleil dans cette tempête : je reverrai Lucas samedi soir à l'anniversaire d'Oscar. Ce sera la première fois que nous nous croiserons depuis qu'il est célibataire...

Journal de Raphaëlle

Je suis hors de moi.

Pas de nouvelles de Terence malgré mes mots – je me défends de les compter. Du coup, j'ai envoyé un message à Julia, genre «Coucou, c'est chouette ton week-end à Londres ? ». Pas de réponse non plus.

Je présume le pire.

Tout s'entrechoque dans mon cerveau, les idées se bousculent, ça vire au champ de bataille, le chaos plante sa tente. À l'instant, j'ai failli écrire à Julia : «Je te préviens : si tu t'approches de Terence, tu te brosseras pour que je joue Roméo. » Je me régalais de ma menace, certaine que nulle chose n'importe plus à ses yeux que *Roméo et Juliette*, puis je me suis retenue car Julia doit continuer à ignorer que je connais Terence. Pas de prise sur elle ! Et Terence, de quoi puis-je le menacer ? De quoi le priver ? De rien, à part de moi… Mais veut-il de moi ? C'est l'enjeu de ce week-end, justement.

Impossible d'aller à l'anniversaire d'Oscar, je vais plomber l'ambiance. Dommage, parmi les copains de Marivaux, il y a Lucas de retour de Bruxelles.

Pincement de nostalgie. Oscar, Lucas, mes potes, et nous, les quatre filles, Julia, Colombe, Anouchka, Raphaëlle, unies comme des mousquetaires.

Un seul Terence a brisé cette harmonie.

Naguère, j'étais libre et je m'amusais. Ce soir, je pleure, je peste, je rage. Ce garçon m'a rendue épileptique et fichue en prison.

Pourtant, s'il m'indique bientôt qu'il a chassé Julia, je tendrai les poignets pour qu'il y referme les menottes.

Quel démon ! Colombe n'a rien inventé de mieux, hier soir, pendant l'anniversaire d'Oscar, que de sortir sur le balcon et d'embrasser Lucas sur la bouche.

Je ne sais pas qui les a vus mais rapidement l'intégralité des invités l'a su. D'ailleurs, on les a repérés peu après dans la même position au fond du dressing.

Mehdi va le savoir car Colombe n'a pas que des amis, et Mehdi en a beaucoup. Ça va saigner…

Que cherche Colombe ? Depuis qu'elle n'est plus fille, tient-elle à devenir la femme de tout le monde ?

J'ai honte de mon amie.

À part ça, j'ai rencontré un garçon de terminale qui ne m'a pas méprisée parce que j'étais en première et qui, bien au contraire, m'a tenu compagnie. De quoi m'at-il parlé ? Je ne m'en souviens plus. Au bout de quelques verres, j'étais incapable de lui répondre quoi que ce soit d'intelligent, je riais sottement à tout ce qu'il me disait et je narguais les copines étonnées avec une mine victorieuse.

N'empêche que c'est essorant, ces soirées ! Il faut fumer – au début, la fumée me répugnait, maintenant, je confirme qu'une cigarette donne une contenance –, il faut boire du vin – j'ai très vite la migraine –, il faut danser – me secouer comme un ver au milieu d'asticots ivres me navre –, et surtout il faut lutter contre le sommeil, veiller jusqu'à l'aube, sinon on me traite de bébé.

Même si je ne vois pas comment me trouver dans ces façons de se perdre, transe, bruit, alcool, drogue, insomnies, je me concentre pour assimiler chaque contrainte. Mais je crains qu'on s'en rende compte. Sorteuse appliquée, piètre noctambule, j'atteins mon pic de fantaisie lorsque je tire la langue sur une photo ! Lamentable… Je ne suis pas un pilier de fête, telle Raphaëlle qui électrise l'ambiance, ou Colombe qui allume les garçons, j'ai plutôt l'impression de camper en accessoire discret et non indispensable au fond de la salle.

J'exagère sans doute puisque Brice – c'est

son prénom – ne m'a pas lâchée d'une semelle. Un terminale tout de même !

Je l'ai pris en photo sur mon téléphone afin de le montrer à Dad et à Gaspard. Il a le genre qui leur plaît.

Quoi d'autre ? Je passe de plus en plus de temps devant le miroir pour m'habituer à l'étrangère que je deviens.

Journal de Colombe

J'ai rompu.

Lucas, avec qui j'échange des messages à chaque instant, est reparti à Bruxelles en m'implorant de jurer qu'il n'était pas le mobile de ma rupture.

J'ai juré, évidemment. D'abord, parce que je ne tiens pas à ce que Lucas se croie primordial dans ma vie. Ensuite, parce que je tiens à être libre pour lui. À cette heure, nous discutons ensemble de l'importance de notre baiser, s'il clôt notre amitié, s'il inaugure une liaison. À Lucas d'avancer…

Mehdi, sombre puis furieux, me harcèle au point de sortir de ses gonds.

Enfin ! Je l'ai découvert grossier, colérique, hargneux. Lorsqu'il m'a insultée, j'en ai profité pour lui cracher mon venin. Quel soulagement ! Après cela, je ne lui en voulais plus du tout.

C'est lui qui m'en veut désormais…

Journal de Raphaëlle

Je suis à l'hôpital, aux urgences. J'ai fait une crise de tétanie. À la maison, en quittant ma chambre, après avoir été parcourue de frissons suivis d'une sensation d'étouffement, je me suis effondrée et n'ai plus pu bouger d'un pouce, ni le corps, ni la tête, ni les lèvres. Paralysée et muette.

Au fond, moi je savais que ce n'était pas dramatique et je ne m'alarmais pas ; j'ai laissé l'angoisse aux autres, mes parents, les pompiers, les infirmiers, les médecins.

Ils ont maintenant rallié mon intuition : rien de fatal. L'équipe soignante me retient pour des examens de contrôle. Il y a une heure, j'ai récupéré la parole et ma mobilité.

Comment réagira Terence ?… N'est-ce pas une preuve d'amour ? J'ai hâte de lui raconter. M'en donnera-t-il l'occasion ?

Pas de nouvelles depuis vendredi. Dans une heure, nous sommes lundi.

J'arrête car je me sens mal.

Journal de Julia

Insomnie. «Là où loge le souci, le sommeil ne s'abat jamais.»

Je ne décrirai pas ce qui s'est passé à Londres.

S'il me restait des illusions, je les ai perdues.

La vie est dure mais je le serai encore plus qu'elle.

Journal d'Anouchka

Raphaëlle n'est pas venue en cours aujourd'hui car elle se trouve à l'hôpital. Colombe et moi avons sur-le-champ pensé à une tentative de suicide mais le professeur principal nous a tranquillisées : il s'agissait d'une crise de tétanie.

— Pourquoi avez-vous pensé à un suicide ? s'est enquise Julia, qui avait une mine incolore, les narines pincées, de grosses veines violettes saillant autour des tempes.

— Raphaëlle se conduit bizarrement et nous cache quelque chose, a répondu Colombe.

— Je suis d'accord. Mais le suicide ?

— Raphaëlle se comporte en mec. Si une situation lui déplaît, elle ne réfléchit pas, elle agit. Comme elle refuse de souffrir, elle est capable de commettre un acte irréparable.

— Qui aime souffrir ?

— Personne. Il faut cependant apprendre à souffrir pour mieux vivre. Je suis certaine que Raphaëlle ne souffre pas de souffrir.

— Intéressant, a conclu Julia.

Je la comprends de moins en moins, Julia. Depuis des mois, elle ne révèle plus rien sur elle, sur sa vie, sur ses intentions, elle se contente de poser des questions et d'écouter nos réponses avec une patience de juge d'instruction qui en sait plus long que son interlocuteur. Parfois, elle me fout même la trouille.

Colombe a du travail. Elle est allée trouver un à un les participants à la soirée d'Oscar pour les supplier de taire son baiser à Lucas.

Évidemment, son insistance a produit le contraire de l'effet désiré : Mehdi a été informé. Il a surgi dans la cour en nous annonçant qu'il montait à Bruxelles casser la tronche de Lucas. Colombe s'est cabrée et Mehdi a décoché une droite à Paul, le meilleur ami de Lucas, comme s'il s'agissait d'un acompte. Du coup, Colombe s'est interposée, menaçante, et l'a torpillé devant nous. Elle était magnifique, Colombe en colère, nous étions sidérés de découvrir comme la rage lui allait bien. Si elle dégageait l'énergie d'un homme, l'indignation mettait en valeur ses seins, ses hanches, ses fesses, la blancheur crémeuse de sa peau. Oui, elle peut tout se permettre, Colombe, désormais. Même Mehdi appréciait l'engueulade.

Je flaire que Colombe s'en est rendu

compte car le spectacle s'est prolongé quelques minutes de plus que nécessaire.

Durant cette altercation, Brice – ma conquête de samedi soir – a traversé le préau. Parce qu'il se baladait en compagnie de ses camarades de terminale, il n'a pas pu me dire bonjour, à moi, une minable de première, mais ses yeux m'ont cherchée et ont flamboyé en m'apercevant.

— Vous croyez que Raphaëlle jouera Roméo ? a demandé Julia.

— En temps normal, elle l'aurait fait. Là, j'en doute.

Julia a semblé très contrariée. Décidément, elle ne pense qu'à ce spectacle.

Avant de rentrer à la maison, je suis passée montrer la photo de Brice à Dad et Gaspard. Ils l'ont contemplée avec un air gourmand, comme s'il s'agissait d'une friandise. Je savais que je leur ferais plaisir.

Journal de Colombe

J'aime bien la violence de Mehdi depuis notre rupture.

Du coup, j'ai accepté qu'il vienne m'insulter chez moi ce soir et nous avons passé la nuit ensemble.

Demain, je le virerai de nouveau.

Journal de Raphaëlle

Amen ! Alléluia ! Résurrection !

Terence m'a écrit : il a quitté Julia et se consacre à moi.

J'ai jodlé dans la maison vide, j'ai dansé, je me suis enfilé trois gins tonic.

Vite, un voyage à Londres !

Journal de Julia

Monsieur Palanquin prévoit la représentation de *Roméo et Juliette* pour le 15 janvier. Je serai prête.

Raphaëlle a enfilé le costume de Roméo. Elle récite les tirades avec tellement d'élan et de vaillance qu'on pourrait croire que c'est un homme – enfin, l'idée que les filles se font d'un homme…

Moi, son tonus exubérant m'arrange car, par contraste, je peux apporter diverses couleurs, la docilité, le bouillonnement, la joie, la mélancolie, l'impatience, la langueur. À travers Juliette, j'ai l'impression d'être un arc-en-ciel de femmes.

Monsieur Palanquin ne m'a pas caché son enthousiasme.

— Juliette révèle ton talent, Julia. Je comprends maintenant pourquoi tu t'es battue contre vents et marées pour que le spectacle ait lieu. Veux-tu devenir comédienne ?

— Non.

— Ça ne te tente pas ?

Comme tous ces professeurs de théâtre qui sont des comédiens frustrés, monsieur Palanquin se figure que chacun rêve de planches ou de plateaux.

— Je vous assure, monsieur. Juliette sera mon premier et mon dernier rôle.

Journal de Raphaëlle

Grand-père est mort ce matin.

Il louait une chambre dans la résidence

médicalisée où ma grand-mère, atteinte d'alzheimer, habite depuis des années. Chaque jour il passait plusieurs heures à ses côtés.

Il me faisait pitié tant il n'admettait pas la sénilité de sa femme. Il continuait à lui parler, il l'asticotait, il riait, il grondait, il pardonnait, il embrassait, bref, il jouait deux rôles puisque en face de lui ne gisait, recroquevillée sur un fauteuil rabougri, qu'une vieillarde chiffonnée qui ne regardait rien, n'écoutait rien, ne répondait rien. Ma grand-mère ne ressemblait plus qu'à une souris empaillée mais, à l'évidence, il la voyait jeune, séduisante, affriolante pour lui et pour les autres. Tous les matins, il déposait sur ses genoux une vaste boîte émaillée et en extrayait des bijoux dont il la parait – elle avait été furieusement coquette autrefois.

Il a chuté au fond du parc la semaine dernière. Comme les secours ont tardé à arriver, une pneumonie s'est ajoutée aux fractures. Dans sa chambre – même bâtiment que ma grand-mère, l'étage en dessous –, il a compris que, cette fois-ci, il ne survivrait pas. Convoquant ses enfants, il leur a confié son épouse et, soulagé par ce transfert, a succombé.

J'appréciais bien grand-père, même si je m'identifiais peu à ce vétéran flétri, amoureux effréné, investi dans un combat déjà perdu – prolonger son idylle avec celle qui n'avait laissé sur terre que sa carcasse. Certains jours, je trouvais son entêtement sublime ; le plus souvent, dérisoire.

En expliquant cela ce matin à Terence, je me rendais compte que, malgré mon jugement sévère, le même sang coulait en moi : j'aime aimer. Je veux faire vivre l'amour.

*

Échange de messages entre Raphaëlle, Colombe, Julia, Anouchka

RAPHAËLLE.

Les filles, vous n'allez pas me croire : ma grand-mère est décédée ce matin.

ANOUCHKA.

Mais…

COLOMBE.

Enfin…

JULIA.

Hier tu nous as dit que c'était ton grand-père.

RAPHAËLLE.

Hier, c'était mon grand-père. Aujourd'hui, c'est ma grand-mère.

JULIA.

Celle qui est malade d'alzheimer ?

RAPHAËLLE.

Elle s'est éteinte dans son lit, ce matin.

JULIA.

Tu… ça a un rapport avec ton grand-père ?

ANOUCHKA.

Savait-elle qu'il était mort ?

COLOMBE.

Anouchka, ne délire pas. Elle ne comprenait plus rien et ne reconnaissait plus personne.

JULIA.

Anouchka a raison : ta grand-mère le savait-elle ?

RAPHAËLLE.

Une infirmière le lui avait annoncé. Pour le

principe. Par respect. Pour faire comme si. Et…

ANOUCHKA.

Et ?

RAPHAËLLE.

Non, c'est invraisemblable…

ANOUCHKA.

Raphaëlle, je t'en supplie, dis-nous tout.

RAPHAËLLE.

En fait, ma grand-mère, assistée par la même infirmière, était descendue dans la chambre de mon grand-père, au cours de ses deux dernières nuits. Il paraît qu'elle lui avait même tenu la main.

*

Journal de Colombe

Raphaëlle pleure sans discontinuer la mort de sa grand-mère. Elle ne se souvient pas d'un mot échangé avec son aïeule car elle l'a toujours connue démolie par la dégénérescence mentale ; en fait, elle ne possède pas un seul souvenir agréable d'elle.

Que pleure-t-elle donc ?

Elle souffre d'avoir gobé le discours ambiant, celui de ses parents, celui des médecins qui affirment qu'alzheimer ôte mémoire et lucidité aux patients. Or, sa grand-mère s'est laissée mourir sitôt qu'elle a découvert que l'homme de sa vie était parti, il n'y a aucune contestation là-dessus.

— Tu te rends compte, Colombe ? Il y avait quelqu'un à l'intérieur du tas de chair sur le fauteuil, il y avait une prisonnière que je ne voyais pas, que je n'entendais pas, dont je ne soupçonnais pas l'existence. Je croyais que ma grand-mère nous ignorait ; c'était nous qui l'ignorions. Nous lui faisions exactement ce que nous l'accusions de nous faire.

Seul son grand-père l'avait senti, seul son grand-père s'était bien comporté, ce grand-père qu'elle avait pris pour un vieux fou piteux.

— L'amour existe, Colombe ! Mes

grands-parents sont la preuve qu'il peut tenir une vie entière. L'amour souffre mais ne meurt pas.

Elle a raison. Cependant pourquoi a-t-elle tant besoin de le radoter ? Moi, j'admets que les toquades ne durent que le temps qu'elles durent. Où est le problème ? Je ne suis pas sur terre pour réaliser une performance mais pour être heureuse.

— Colombe, nous nous trompons sur tout... S'il y a une conscience dans un corps qui en semble dépourvu, qui nous prouve qu'il n'y a pas une existence après la mort ? Face à un cadavre, nous commettons la même erreur : nous fier aux apparences. On ne voit plus la conscience dans un corps végétatif ; on ne voit plus la conscience dans un corps inerte. L'âme est invisible.

Elle m'a ébranlée, quoique je n'aime pas ruminer ce genre d'idées. Nous en avons parlé hier à Julia, qui s'est révulsée :

— J'espère que vous avez tort et que la mort nous délivre. S'il n'y a plus de fin, alors ce sera sans fin ?

Julia nous déconcerte chaque jour davantage. Elle affirme ses positions d'une manière catégorique. On croirait une terroriste fanatique au service de sa propre pensée.

Ainsi, aujourd'hui, dès qu'elle a entrevu la photographie des grands-parents que Raphaëlle transporte sur elle, elle l'a saisie, l'a examinée et a soupiré :

— C'est ça, Roméo et Juliette quand les parents ne s'opposent pas ? C'est ça, les amants éternels lorsque les circonstances leur permettent de persévérer ? Quelle horreur ! Deux vieux chétifs qui ressemblent à des tortues.

Outrée, Raphaëlle l'a traitée de monstre ; Julia a répliqué en la traitant de petite-fille de monstres. Elles se seraient crêpé le chignon si la cloche n'avait pas sonné.

De toute façon, je veille au grain. Je connais maintenant la cause du différend qui existe entre elles. Raphaëlle m'a confessé sa romance avec Terence, et le désarroi qui l'envahit dès qu'elle se trouve en face de Julia. En revanche, celle-ci sait-elle la place qu'occupe Terence dans la vie de Raphaëlle ? Chaque fois que Raphaëlle quémande des précisions à son Anglais, il répond qu'il n'a pas envie d'évoquer ce moment douloureux. Pour ma part, je sens que Terence a dû mentionner Raphaëlle car Julia me paraît tellement se contrôler en face de Raphaëlle qu'il y a anguille sous roche.

Elle tourne mal, Julia… En cours de français, mercredi, madame Romilly a profité de nos répétitions de *Roméo et Juliette* au théâtre pour organiser un débat sur la pièce. Chacun disait ce que ça lui apportait, en quoi ça le décevait, etc.

Anouchka a concédé que le drame l'effrayait par sa violence frénétique.

Moi, j'ai insisté sur le fait que Roméo avait failli s'engager auprès d'une autre fille, l'inaccessible Rosaline, et que Juliette a débarqué dans l'histoire lorsqu'il était moins une.

Raphaëlle, elle, éprouve de la sympathie envers les deux héros parce qu'ils bravent les interdits.

Quant à Julia, elle a développé une théorie tordue selon laquelle Shakespeare a écrit cette pièce pour nous guérir de l'amour, non pour l'exalter. L'amour altère le jugement des jeunes gens qui oublient la famille à laquelle ils appartiennent – les Capulet et les Montaigu se honnissent –, il pousse Juliette à simuler la rigidité cadavérique sans prévenir son fiancé puis incite Roméo à siroter du poison sitôt qu'il surprend sa promise étendue sur une dalle. N'aurait-il pas dû s'approcher, s'apercevoir qu'elle respirait encore, la ranimer ?

— Faut être con, a-t-elle ajouté, pour manquer autant de jugeote. Shakespeare n'aimait pas l'amour, juste son ébauche, la rencontre. Le reste lui paraissait inepte, voire funeste.

Madame Romilly a avalé sa salive pendant la diatribe de Julia ; visiblement, elle n'avait jamais imaginé cette perspective.

— C'est pourtant toi, Julia, qui vas jouer Juliette, d'après ce que j'ai compris.

— Oui.

— Comment peux-tu jouer un personnage que tu désapprouves ?

— Je ne désapprouve pas Juliette, je condamne l'amour, comme Shakespeare. Personnellement, je ne vaux pas mieux que Juliette. Et je m'identifie à elle.

— Quand ?

— À deux moments.

— Lesquels ?

— Quand elle s'enflamme. Quand elle meurt.

— Quand elle meurt, vraiment ? Et pourquoi ?

— Elle choisit de mourir, alors qu'elle n'a pas choisi d'aimer. Et puis, elle évite de vieillir.

— Ce n'est pas épouvantable de vieillir, a protesté madame Romilly, qui dépasse les cinquante ans.

— C'est vous qui le dites, madame.

Voilà la nouvelle Julia de ces dernières semaines. À foutre la frousse, comme répète Anouchka.

Journal de Raphaëlle

Jamais je n'ai tant jubilé. Terence et moi échangeons des messages suaves, passionnés, jour et nuit. « Sur les ailes légères de l'amour, j'ai volé par-dessus ces murs ; des clôtures de briques ne sauraient barrer la route de l'amour. »

Ah, le rejoindre vite. Le prendre dans mes bras. Ou plutôt me laisser prendre dans les siens. Peu importe ! Nous palper, nous humer, nous serrer, nous embrasser.

Hélas, il ne sera pas à Londres le week-end où j'aurais pu venir. Je remets ça à plus tard.

Ce soir, je me colle à l'oreiller en pensant que c'est lui.

Journal de Colombe

On va libérer Augustin. Le garagiste a retiré sa plainte car les parents ont promis de tout payer, voire plus.

Marie tremble. Maintenant qu'elle sait qu'il va revenir, elle ignore ce qu'elle veut, le voir ou le fuir.

Même si elle l'aime, elle a peur d'un garçon qu'elle ne comprend pas.

Je doute de réagir comme elle. Aimer, ce n'est pas connaître mais se brûler. Elle s'embourgeoise, la petite Marie, elle craint le feu.

Moi, je ne m'endors pas dans les habitudes. Puisque Lucas, après ses baisers et ses déclarations, est redevenu plus froid qu'un couteau, je me venge sur Mehdi. Selon les heures de la journée, nous sommes fâchés ou réconciliés. Avantage ? Dès que je me sépare de lui, c'est un étranger qui revient à sa place.

Cependant, ça commence à me lasser. Rupture, retrouvailles, rupture : j'ai fait le tour ! Pas plus divertissant qu'une partie de kart qui s'éternise.

Et puis il faudrait que je me concentre sur mon rôle de nourrice. Le spectacle a lieu dans quelques jours et j'ai tellement la tête ailleurs que je confonds les répliques de mes scènes. J'ai cru que Julia allait me fusiller, l'autre soir, quand j'ai sorti une phrase de l'acte III à l'acte I.

En répétition, ça m'amuse. En représentation, j'aurais honte.

Journal de Julia

Plus qu'une semaine.
Vendredi, nous jouons *Roméo et Juliette*.
Je n'existe plus que pour ces deux heures-là.

Ça y est : Terence et moi avons fixé une date. Ce sera dans deux semaines, peu après *Roméo et Juliette*. Officiellement, je logerai chez Telma ; officieusement, j'irai chez lui. L'amie de maman, Telma, à qui j'ai dit la vérité et envoyé les photos de Terence, estime notre histoire si charmante qu'elle accepte de nous protéger en mentant.

Jamais la vie ne m'a semblé plus éclatante.

À présent, il faut que je révise mon texte pour le grand soir. Qu'est-ce qu'il parle, ce Roméo ! Un vrai moulin à paroles. Remarque, Terence m'écrit aussi de nombreux mots par jour, assez longs parfois.

Le destin me gâte ! C'est tellement bon d'aimer que ça finit par faire mal.

*

Échange de messages entre Julia, Colombe, Anouchka

JULIA.

Où est Raphaëlle ?

COLOMBE.

Je ne sais pas.

ANOUCHKA.

Moi non plus.

JULIA.

On devait répéter cet après-midi. La représentation a lieu demain !

COLOMBE.

J'ai essayé de la joindre toute la journée.

ANOUCHKA.

Et moi j'ai sonné chez elle… Ses parents ignoraient où elle se trouvait. Je n'ai pas voulu les déboussoler en leur signalant qu'elle avait manqué le lycée aujourd'hui.

COLOMBE.

Ça ne lui ressemble pas de sécher… et de ne pas nous prévenir…

ANOUCHKA.

A-t-elle fait une crise de tétanie, comme la dernière fois ?

COLOMBE.

Les pompiers auraient avisé ses parents.

ANOUCHKA.

On ne l'a peut-être pas encore découverte ! Elle gît sous un pont, seule, abandonnée.

COLOMBE.

Anouchka, arrête ! Si Raphaëlle passe sous un pont, d'autres personnes y passent. On est à Paris, pas dans la Creuse.

JULIA.

Je n'en peux plus. On ne jouera jamais *Roméo et Juliette*. Je suis maudite.

ANOUCHKA.

Calme-toi, tout n'est pas foutu, Raphaëlle va se manifester.

COLOMBE.

Pourquoi tiens-tu tant à cette représentation, Julia ?

*

Journal de Raphaëlle

Il est minuit. J'ai fini par rentrer à la maison.

Mes parents, à peine inquiets, ont été rassurés en entendant ma porte grincer. Savoir ce qui me tourmente la tête et le cœur, ils s'en foutent.

Depuis hier soir, j'ai erré dans Paris. Ponctuellement, j'ai bu des cafés au comptoir des bistrots. Le miroir vient de me révéler la noirceur de mes dents et de ma langue. Ça doit être pire à l'intérieur.

J'ai envie de vomir. J'ai surtout envie de me vomir.

Terence m'a rejetée. Violemment rejetée.

Alors que j'avais rendez-vous avec lui dans deux semaines à Londres, je l'ai rencontré mercredi soir à la réception de Claudia, une amie de maman. J'ai cru que j'hallucinais, que j'étais si hantée par lui que je le voyais à la place d'un autre.

Mais non, c'était bien lui, appuyé flegmatiquement contre un mur, un sourire dans les yeux. Je me suis approchée, bouche bée.

— Terence !

— On se connaît ?

— Terence, arrête de me charrier.

— Ton visage me dit quelque chose.

— Terence, c'est moi, c'est Raphaëlle.

Il a répété mon nom avec une hésitation

précautionneuse, comme s'il le prononçait pour la première fois. Jusque-là, je pensais qu'il me taquinait et je le trouvais excellent acteur.

Je me suis précipitée vers lui pour l'embrasser : nous nous l'étions si souvent promis dans nos mails.

Il m'a retenue fermement, presque brutalement.

— Tu es folle ?

— Enfin, Terence !

— Je ne suis pas accoutumé à ce qu'une inconnue se frotte contre moi. J'ai l'habitude de choisir.

— Mais…

— T'ai-je choisie ? Non.

— Terence, tu ne peux pas me faire ça. D'abord, venir à Paris sans me prévenir, puis me repousser.

— Merci, ce n'est pas la peine, bonsoir.

— Terence !

— Si c'est la manière française de draguer : adieu !

— Terence ! Je suis Raphaëlle. Tu as quitté Julia pour moi !

— Julia… Raphaëlle… ah oui, on s'est

vus à Londres il y a longtemps. Je me souviens.

— Ça suffit, Terence. Ne me traite pas comme une démente. Après ce que nous nous sommes écrit.

— Écoutez mademoiselle, il vaudrait mieux que la conversation stoppe là. Premièrement, je ne voudrais pas qu'un esclandre gêne celle qui nous reçoit. Deuxièmement, j'accompagne ma fiancée et je vous prie de me laisser.

Sur ces mots, il s'est détourné, a foncé dans la pièce voisine où il a saisi une blonde par l'épaule et l'a inclinée vers lui pour lui appliquer un baiser sur la bouche.

J'étais épouvantée. La sueur m'a couverte en une seconde. Mon cœur accélérait. La pièce, autour de moi, commençait à valdinguer. Je me suis ruée à la salle de bains et j'ai vomi.

Une fois nettoyée, j'ai emprunté le couloir et, en bousculant la foule, j'ai foncé vers la sortie. Quelques personnes m'ont interpellée mais je n'entendais rien, les larmes m'aveuglaient.

J'ai marché, marché, pariant qu'une fatigue colossale m'empêcherait de souffrir.

Je suis maintenant éreintée ; je souffre toujours autant.

Terence qui est venu me chercher dans ma solitude, Terence qui m'a poussée à me confier puis à admettre l'amour que je lui portais, à le développer, l'intensifier, Terence n'a pas voulu me reconnaître, me toucher, me sourire. Il se pavane au bras d'une autre dont il a tenu l'existence secrète.

Dans un rêve d'amour, tout est beau sauf le réveil.

Terence s'est foutu de moi.

*

Échange de messages entre Colombe, Julia, Anouchka

COLOMBE.

Les filles, Raphaëlle vient de m'envoyer un message. Elle avait besoin d'une journée seule pour réfléchir. Elle va bien. Elle jouera demain – oups, plutôt ce soir, puisqu'il est minuit et demi.

JULIA.

Ah… je n'en dormais pas.

ANOUCHKA.

Qu'est-ce qu'elle avait ?

COLOMBE.

Des trucs de fille…

ANOUCHKA.

Ses règles ?

COLOMBE.

Non, des problèmes de cœur.

JULIA.

Je ne vois pas de quoi tu parles.

ANOUCHKA.

Moi non plus.

COLOMBE.

Peu importe ! Demain, nous allons assurer le plus glorieux *Roméo et Juliette* qu'il y ait eu dans l'histoire du lycée Marivaux.

*

UN DRAME INEXPLICABLE

Deux adolescentes sont à l'hôpital dans un état critique à l'issue d'une représentation de Roméo et Juliette *au lycée Marivaux.*

Hier soir, à 22 heures, alors que le public se préparait à applaudir la célèbre pièce de Shakespeare, un murmure a parcouru la salle, puis des exclamations perplexes ont jailli : les deux adolescentes qui interprétaient les rôles de Roméo et de Juliette ne se remettaient pas debout.

Leurs camarades, accourus sur scène pour comprendre la cause de leur immobilité insolite, ont constaté que celle qui jouait Juliette baignait dans une mare de sang, tandis que celle qui incarnait Roméo gisait inanimée.

Transportées à l'hôpital Pompidou, les jeunes filles ont été aussitôt prises en charge par les services compétents. Néanmoins, leur pronostic vital est engagé. Par ailleurs, la police a placé M. Palanquin, le professeur de

théâtre, en garde à vue, et interroge actuelle-
ment le proviseur du lycée.

Une cellule psychologique de crise a été
mise en place afin d'accompagner leurs camarades et les spectateurs choqués.

H. B.

LE FIGARO

SHAKESPEARE SANGLANT

De l'inédit dans l'affaire du lycée Marivaux
où deux jeunes filles, la semaine dernière, ne
se sont jamais relevées de leur mort de
théâtre.

La police a libéré sans suite le professeur,
M. Palanquin, reconnu pour la qualité de son
travail depuis trente ans, et, selon le juge
d'instruction, a abandonné la piste criminelle,
ainsi que l'hypothèse d'une négligence.

D'après indices et témoignages, il s'agirait
de deux suicides opérés en direct par les
jeunes filles. L'adolescente qui figurait Juliette
donnait des signes de dépression ; elle aurait
substitué à l'accessoire de théâtre un véritable

poignard, volé à son père, puisqu'on a retrouvé le faux, inoffensif, enfoui dans l'armoire de sa chambre. Quant à sa camarade, victime d'une grave déception amoureuse, elle aurait elle-même instillé dans la fiole de Roméo une dose massive de somnifères dérobés à sa belle-mère.

On ignore si les adolescentes, connues comme des amies, s'étaient concertées sur leurs actes respectifs. À cette heure, l'une et l'autre ne sont pas en état d'être interrogées. Les médecins craignent pour leur vie.

A. D.

*

Journal d'Anouchka

Raphaëlle est morte ce matin.

Ses parents nous ont appelées, Colombe et moi, pour que nous les rejoignions à l'hôpital. Ils savaient combien notre amitié à toutes les quatre comptait aux yeux de leur fille.

Dans une chambre claire, silencieuse,

Raphaëlle reposait sur son lit, aussi intense qu'auparavant, mais apaisée. J'étais éberluée car je ne l'avais jamais vue les yeux fermés ; ça m'a semblé indiscret.

Hélas ! Je hais ma lenteur à cerner les situations… Auprès de son cadavre, je m'attendais encore à ce que Raphaëlle bondisse, braille « Je vous ai bien eues, les filles ! » et se mette à rigoler de sa voix éraillée. J'ai beaucoup de mal à admettre ce qui s'est passé.

Chaque détail de notre dernière soirée reste incrusté en moi. Je me souviens de Raphaëlle apparaissant sur scène en Roméo, gênée d'abord, pas plus convaincue que le public d'être un homme, puis prenant progressivement confiance, imposant ce garçon emporté, ardent, noble, tendre, indomptable. Pour Julia, ce fut gagné aussitôt : elle était Juliette, exquise, droite, innocente, une Juliette déterminée, faussement fragile, tel un roseau qui plie mais ne rompt pas. Auprès d'elles, les camarades de la troupe avaient l'air appliqués, particulièrement Colombe, en nourrice, qui s'embrouillait dans son texte.

Grâce à nos deux amies, la représentation décollait. Depuis la cabine du son, au fond de la salle, j'en profitais à l'égal des spectateurs et j'ai même failli oublier d'envoyer certaines musiques ou certains chants d'oiseaux, tant je frissonnais aux moindres répliques. La nuit d'amour nous empoigna : c'était la nuit mythique, la nuit des amants, la nuit de la première fois, une nuit aussi inaugurale qu'une aube. Jamais Julia et Raphaëlle n'avaient témoigné de cette puissance en répétition : elles vibraient à chaque mot, elles s'étreignaient avec passion, elles suspendaient le temps ; le bonheur des héros paraissait d'autant plus dense et précieux qu'ils l'arrachaient au néant, comme s'ils avaient le pressentiment de leur fin tragique. J'ai même cru repérer des larmes baignant les paupières de Julia lorsqu'elle a dit : « Viens, gentille nuit ; viens, chère nuit au front noir, offre-moi mon Roméo, et, quand il sera mort, attrape-le et coupe-le en petites étoiles. »

Vint ce moment que je sais désormais fatal où Juliette, endormie sur le tombeau, donne l'impression à Roméo qu'elle est morte.

Abattu, Roméo-Raphaëlle s'est emparé de la fiole que lui tendait Frère Laurence et l'a absorbée avec une voracité impatiente. Puis Juliette-Julia s'est réveillée, a vu le corps de Roméo et s'est mise à trembler : je n'en revenais pas que Julia atteigne un tel niveau d'actrice ; il y avait de la terreur dans ses yeux, dans ses gestes, nous en demeurions médusés. Elle a alors saisi le poignard, l'a levé, s'est tournée dos au public et a enfoncé l'arme dans son ventre en poussant un cri hideux. Toute ma vie, je me souviendrai de ce hurlement déchirant ; toute ma vie, je me rappellerai que j'ai voulu me lever pour l'applaudir ; toute ma vie, j'en aurai honte.

La suite, chacun la connaît. Les comédiens qui incarnaient les autres personnages, le page, les gardes, Balthazar, Frère Laurence, les Capulet et les Montaigu, ont continué, autour des deux corps, à débiter leur texte. « Partons causer de ces tristes choses. Il y aura des graciés et des punis. Car jamais aventure ne fut plus douloureuse que celle de Juliette et de Roméo », a conclu le Prince. J'ai envoyé l'ultime musique, et les applaudissements ont crépité.

La troupe récoltait un triomphe. Chaque rôle saluait, et, ainsi que nous l'avions décidé, en dernier Roméo et Juliette – ou plutôt Raphaëlle et Julia – devaient se redresser, comme s'ils revenaient de la mort, et empocher leurs bravos.

Julia et Raphaëlle n'ont pas bronché. Nous avons ri d'abord, croyant à une facétie de leur part – c'était le genre de pitrerie qu'adorait Raphaëlle –, puis Colombe s'est approchée, leur a parlé, leur a tapoté l'épaule et s'est pétrifiée : elle avait vu le sang de Julia.

À partir de là, je ne me remémore plus les détails...

Dans la chambre d'hôpital, ce matin, j'avais l'impression qu'on reprenait la scène où on l'avait laissée. Raphaëlle ne bougeait pas davantage, mais elle était bien morte, et Colombe, à son habitude, avait l'air d'avoir tout compris avant moi puisqu'elle pleurait en silence, le dos contre le mur, au fond, loin de nous.

Une sorte de froid me glace. Je ne ressens rien ? Ou je me protège pour ne rien ressentir ?

Mes parents me surveillent comme le lait

sur le feu. Des quatre amies inséparables, deux se sont donné la mort : ils craignent une contamination du suicide.

Journal de Colombe

Un monstre… Je dois être un monstre…

Alors que ce matin à l'hôpital j'ai vu ma meilleure amie Raphaëlle sur son lit de mort, tandis que mon autre meilleure amie Julia reste suspendue dans le coma au bout du même couloir, j'ai demandé à Mehdi de me rejoindre cet après-midi à la maison et, bien que nous soyons séparés, je lui ai ordonné de me faire l'amour.

Ça n'avait jamais été aussi bon…

Après, j'ai pleuré dans ses bras.

Qu'exprimaient mes sanglots ? Tant de choses : mon chagrin, mon plaisir, mon anxiété, ma compassion, mon soulagement, ma nostalgie. Les larmes sont des messagères subtiles qui distillent mille informations à la fois.

Ce soir, je suis allée voir les parents de Raphaëlle car ils ont découvert son journal.

Comme c'est moi qui les ai mis au courant de sa relation amoureuse, ils m'ont montré la dernière page où elle écrivait combien Terence l'avait traitée odieusement en l'effaçant d'un claquement de doigts, la page qui permet de comprendre son acte.

— Il faut alerter ce Terence, a proposé le père de Raphaëlle.

Personne – ni la mère ni moi – n'était dupe : en prononçant ces mots, le père disait « Ce salaud doit apprendre qu'il a démoli notre fille », il partait à l'attaque sur le sentier de la vengeance.

Il m'a tendu l'ordinateur de Raphaëlle.

— S'il te plaît, Colombe, aide-nous à entrer dans son courrier, trouve les coordonnées de ce Terence. Je suis certain que toi, tu devineras le code secret de Raphaëlle.

Pardonne-moi, Raphaëlle, je l'ai fait.

Journal d'Anouchka

Les parents de Raphaëlle s'évertuent à joindre Terence.

Il ne répond même pas.

Journal de Colombe

À force de recoupements, la mère de Raphaëlle a pisté Terence à Londres. Son ex-mari et elle ont pris l'Eurostar pour le rencontrer. Il nie avoir eu une liaison avec Raphaëlle, ou même avoir échangé des courriels. Infâme ! Il se comporte exactement comme lors de la soirée où il l'a éconduite.

Les parents de Raphaëlle ont haussé le ton. Terence est resté ferme sur ses positions au point de leur sembler de bonne foi.

Par ailleurs, tous ceux qui le fréquentent en Angleterre ont garanti aux parents que ce garçon honnête, diplômé d'architecture, raffole depuis plusieurs mois de Jessica, sa fiancée blonde.

Journal d'Anouchka

D'après Gaspard, l'ami de Dad, champion en informatique, le Terence auquel Raphaëlle écrivait n'existe pas.

Son adresse électronique ne conduit pas en Angleterre.

J'ai prévenu les parents de Raphaëlle qui ont demandé à la police d'enquêter.

P-S. Selon les médecins, l'état de Julia demeure préoccupant. Nous n'avons toujours pas le droit d'aller la voir, Colombe et moi, en réanimation. Chaque soir, je prie pour elle. Est-ce que je crois en Dieu ? Non. Mais Il ne le sait peut-être pas…

Journal de Colombe

L'adresse Internet de Terence ne provenait pas d'Angleterre. C'était un compte qu'avait créé Julia.

Journal d'Anouchka

Depuis que j'ai appris ce qu'a infligé Julia à Raphaëlle, je me suis réfugiée chez Dad. Cette fois, maman a été très gentille ; non seulement elle a compris, mais nous nous retrouvons souvent pour prendre un thé, courir les magasins. Nous commençons enfin à nous parler en copines, et non comme une épouse frustrée face à une adolescente butée.

Colombe me tient au courant.

Toutes les lettres de Terence à Raphaëlle ont été rédigées par Julia. Elle se vengeait que Raphaëlle soit allée à Londres, qu'elle ait été séduite par celui qu'elle jugeait sa propriété. D'une façon abjecte, elle a poussé Raphaëlle à reconnaître son penchant, à le suivre : à partir de là, sous le masque de Terence, elle a de son côté simulé la passion.

Hier soir, en voyant Gaspard masser l'épaule de Dad, je me suis soudain demandé si Julia n'avait pas entretenu ce subterfuge parce que, sans se l'avouer, elle aimait Raphaëlle.

Colombe soutient l'inverse.

Pourtant, les sentiments se révèlent si ambivalents, comme des tissus à plusieurs fils colorés… Julia se vengeait de l'espionnage de Raphaëlle, de la fascination que celle-ci avait éprouvée envers Terence, or, qui nous prouve que son stratagème n'exauçait pas aussi un désir ? Raphaëlle avait quelque chose de franc, de masculin, qui plaisait. Et Julia n'avait-elle pas insisté pour que Raphaëlle joue son Roméo ?

Ah, pitié, ne plus penser à ça ! J'en attrape le vertige.

Journal de Colombe

Les médecins nous ont annoncé ce matin qu'ils ont sauvé Julia : l'hémorragie a été jugulée, les organes vitaux entamés par la lame se réparent. L'équipe de l'hôpital considère que Julia va s'en tirer.

Je ne sais comment accueillir cette information.

Journal d'Anouchka

La vie se fout de nous : Raphaëlle meurt, Julia guérit.

Journal de Colombe

Enquête bouclée.

Nouveau détail : Julia n'a pas couché avec Terence, malgré ce qu'elle nous avait affirmé au retour des vacances. Ils n'avaient flirté que le temps d'une soirée. Julia nous avait présenté son désir comme une réalité.

Deux mois plus tard, quand Terence a dit à Raphaëlle lors de leur rencontre à Londres « *Send my love to Julia* », cela ne signifiait pas « Envoie mon amour à Julia », il s'agissait plutôt d'une formule banale en Angleterre, l'équivalent de « mes sentiments les meilleurs » ou « mes amitiés à Julia », en rien le message romantique qui, à nos yeux, crédibilisait la liaison de Julia et Terence.

Journal d'Anouchka

À vomir ! Les parents de Julia nous ont contactées, Colombe et moi, pour rendre visite à leur fille qui récupère…

Les pauvres ne se rendent-ils donc pas compte qu'ils ont mis au monde une vipère ? Au téléphone, ils semblaient euphoriques.

Indécent ! En mémoire de Raphaëlle, je m'abstiens de répondre.

Journal de Colombe

Se donner la mort, c'est un seul et même acte, mais le suicide englobe autant de significations qu'il y a de personnes.

Maintenant que leur fille est tirée d'affaire, les parents de Julia s'attendent à apprendre d'elle pourquoi elle a voulu mettre fin à ses jours. Pendant son coma, ils n'avaient qu'un renseignement, une phrase glissée dans sa poche : «Mieux vaut mourir incomprise que passer sa vie à s'expliquer.» Sans plus d'indices, ils évoquaient la peur de grandir, une dépression larvée. Banalités ! En étudiant le journal de Julia, un psychologue a diagnostiqué, lui, une absence de confiance en l'avenir, un scepticisme aigu concernant l'amour, la viabilité du couple ou la solidité des sentiments.

Devrais-je leur suggérer que Julia n'avait pas le courage de se trouver bientôt nez à nez avec ses mensonges ? Raphaëlle allait découvrir que sa meilleure amie la trahissait en signant Terence, et nous mesurerions toutes trois l'étendue de sa perversité. Comment supporterait-elle notre regard ?

Les mythomanes préfèrent la mort à la honte.

Les plus orgueilleux sacrifient leurs proches ; les lâches se détruisent.

Journal d'Anouchka

J'ai refusé irrévocablement de revoir Julia. Ses parents m'ont toisée, offusqués, consternés. Les nigauds ! C'est moi qui leur semble féroce, alors que leur fille abrite un cœur d'acier.

Quant à Colombe, si elle persiste à hésiter, je la barrerai de la liste de mes amies.

P-S. Hier, un effondrement s'est produit au pont des Arts : une des balustrades a cédé sous le poids des cadenas. Par chance, la culbute a eu lieu à l'intérieur de la passerelle, non à l'extérieur, dans la Seine, où des promeneurs en bateau-mouche auraient pu être blessés. J'espère qu'il s'agit du tronçon auquel nous avions pendu notre cadenas ! Quatre meilleures amies pour la vie… Toutes pareilles… L'amitié est une farce, et l'amour un poison.

Journal de Colombe

Le soleil brille ce matin à mon réveil ; ses rayons caressent mes épaules ; l'étoffe de mon chemisier effleure mes seins et je respire à pleins poumons l'air frais de février, éclairci, purifié par la neige.

Derrière moi, sur le lit, enroulé dans la couette, Lucas repose après notre nuit d'adoration. J'ai enfin couché avec l'homme que j'aime, stupéfaite que nous soyons si naturellement heureux.

Ma relation sexuelle avec Hugo m'a rassurée, mon feuilleton sentimental avec Mehdi m'a fortifiée. Normal que je les quitte, j'ai pris ce qu'il y avait à prendre. Surtout chez Mehdi, malgré ses orteils qui se chevauchent…

Depuis hier, je nous surprends, Lucas et

moi, dans les vitrines, les verres, les miroirs, les plateaux chromés : quand nous sourions en même temps, j'ai l'impression que nos corps se touchent, se pénètrent. Je défie quiconque de prétendre que nous ne sommes pas beaux.

Lucas dort. Le meilleur moment de l'amour n'arrive pas lorsque l'on dit « je t'aime », il réside dans le silence au milieu des draps, dans le frisson qui parcourt la peau, dans la veine qui palpite le long d'un bras, dans une lèvre rubis qui sourit, dans la pudeur sacrée qui, soudain, nimbe nos nudités.

D'accord, j'ai multiplié les garçons. Oui, j'ai été indécise, immature. Mais je n'ai pas triché. Ce que j'ai fait, je l'ai fait intensément, authentiquement. Ce que je n'ai pas fait, aussi. Pour moi, chaque jour diffère du précédent, comme si la nuit effaçait la veille. Vrai : j'ai un goût enragé de vivre !

Alentour, on continue à s'interroger sur le suicide de Raphaëlle et celui de Julia, sur le sens de leur acte… Moi moins. Les raisons de mourir demeurent aussi mystérieuses que celles de vivre, obscures, rarement

161

formulées, cachées dans les tréfonds du corps ou les abysses de la conscience. Nos yeux n'atteignent pas ces couches-là, ils ignorent les racines et la sève qui tiennent l'arbre debout, ils n'aperçoivent que la surface, le tronc et les branchages. Du travail invisible qui nous fait naître ou disparaître, le regard humain ne capte que le résultat, jamais l'activité secrète.

Je n'ai aucune raison de me tuer mais je n'ai pas davantage de raisons d'exister : je subis un courant plus puissant que moi. La force que je ressens éveille ma curiosité, ma gourmandise, me ravit, m'épuise, me repose, me dynamise, me disperse, me concentre, me rend patiente, vaillante, éveillée, furieuse, impatiente.

Discourir, aligner des arguments expliquant cette énigme, voilà qui me paraît plus vain que de jeter des filets dans l'océan afin d'attraper l'eau. Mieux vaut embrasser l'infini que feindre de la capturer dans nos petites mailles, non ?

Mon cœur déborde. Puisque Lucas a rassasié mon égoïsme, j'ai de l'affection en excédent pour les autres.

Julia… Réduit-on une personne à ses erreurs ? La cloue-t-on à un seul de ses actes ? Nul n'est que bon ou que mauvais. Pardonner revient à prendre conscience qu'un destin s'improvise constamment, qu'on ne le figera pas dans le passé, encore moins dans un instant unique. Demain n'est pas hier.

« Amour, donne-moi ta force, et cette force me sauvera. »

Il n'y a que deux verbes que je peux conjuguer au futur avec certitude, j'aimerai, je mourrai. Alors, je vous l'annonce : avant de mourir, j'aurai beaucoup aimé !

À midi, j'irai fleurir la tombe de Raphaëlle et cet après-midi, je rendrai visite à Julia.

Le Cycle de l'invisible

MILAREPA, 1997.
MONSIEUR IBRAHIM ET LES FLEURS DU CORAN, 2001.
OSCAR ET LA DAME ROSE, 2002.
L'ENFANT DE NOÉ, 2004.
LE SUMO QUI NE POUVAIT PAS GROSSIR, 2009.
LES DIX ENFANTS QUE MADAME MING N'A JAMAIS
   EUS, 2012.

Essais

DIDEROT, OU LA PHILOSOPHIE DE LA SÉDUCTION,
   1997.
MA VIE AVEC MOZART, 2005.
QUAND JE PENSE QUE BEETHOVEN EST MORT ALORS
   QUE TANT DE CRÉTINS VIVENT, 2010.
LA NUIT DE FEU, 2015.

Beau livre

LE CARNAVAL DES ANIMAUX, musique de Camille
Saint-Saëns, illustrations de Pascale Bordet, 2014.

Théâtre

*Le Grand Prix du Théâtre de l'Académie française
a été décerné à Éric-Emmanuel Schmitt
pour l'ensemble de son œuvre*

LA NUIT DE VALOGNES, 1991.

LE VISITEUR (Molière du meilleur auteur), 1993.

GOLDEN JOE, 1995.

VARIATIONS ÉNIGMATIQUES, 1996.

LE LIBERTIN, 1997.

FRÉDÉRICK, OU LE BOULEVARD DU CRIME, 1998.

HÔTEL DES DEUX MONDES, 1999.

PETITS CRIMES CONJUGAUX, 2003.

MES ÉVANGILES (*La Nuit des Oliviers, L'Évangile selon Pilate*), 2004.

LA TECTONIQUE DES SENTIMENTS, 2008.

UN HOMME TROP FACILE, 2013.

THE GUITRYS, 2013.

LA TRAHISON D'EINSTEIN, 2014.

Site Internet : eric-emmanuel-schmitt.com

Le Livre de Poche s'engage pour
l'environnement en réduisant
l'empreinte carbone de ses livres.
Celle de cet exemplaire est de :

200 g éq. CO$_2$
Rendez-vous sur
www.livredepoche-durable.fr

PAPIER À BASE DE
FIBRES CERTIFIÉES

Composition réalisée par MAURY-IMPRIMEUR

Imprimé en France par CPI
en décembre 2015
N° d'impression : 3014296
Dépôt légal 1re publication : janvier 2016
LIBRAIRIE GÉNÉRALE FRANÇAISE
31, rue de Fleurus - 75278 Paris Cedex 06

27/3609/1